未名叢刊之一

苦悶的象徵

日本 廚川白村 著

魯迅 譯

—1924年12月印成　1至1500本—

The Colours of his mind seemed yet unworn;
For the wild language of his grief was high,
Such as in measure were called poetry.
And I remember one remark which then
Maddalo made.
He said: "Most wretched men are cradled
into poetry by wrong;
They learn in suffering what they teach in
song."

—Shelley, *Julian and Maddalo.*

引言

去年日本的大地震，損失自然是很大的，而厨川博士的遭難也是其一。

厨川博士名辰夫，號白村。我不大明白他的生平，也沒有見過有系統的傳記。但就零星的文字裏掇拾起來，知道他以大阪府立第一中學出身，畢業於東京帝國大學，得文學士學位；此後分住熊本和東京者三年，終於定居京都，爲第三高等學校敎授。大約因爲重病之故罷，曾經割去一足，然而尚能游歷美國，赴朝鮮；平居則專心學問，所著作很不少。據說他的性情是極熱烈的，嘗以爲「若藥弗瞑眩厥疾弗瘳」，所以對於本國的缺失，特多痛切的攻難。論文多收在小泉先生及其他，出了象牙之塔及殁後集印的走向十字街頭中。此外，就我所知道的而言，又有北美印象記，近代文學十講，文藝思潮論，近代戀愛觀，英詩選釋等。

然而這些不過是他所蘊蓄的一小部分，其餘的可是和他的生命一起失掉了。這苦悶的象徵也是歿後纔印行的遺稿，雖然還非定本，而大體卻已完具了。第一分創作論是本據，第二分鑒賞論其實即是論批評　和後兩分都不過從創作論引申出來的必然的系論。至於主旨，也極分明，用作者自己的話來說，就是「生命力受了壓抑而生的苦悶懊惱乃是文藝的根柢，而其表現法乃是廣義的象徵主義。」但是「所謂象徵主義者，決非單是前世紀末法蘭西詩壇的一派所曾經標榜的主義，凡有一切文藝，古往今來，是無不在這樣的意義上，用着象徵主義的表現法的。」(創作論第四章及第六章。)

作者據伯格森一流的哲學，以進行不息的生命力爲人類生活的根本，又從弗羅特一流的科學，尋出生命力的根柢來，即用以解釋文藝，——尤其是文學。然與舊說又小有不同，伯格森以未來爲不可測，作者則以詩人爲先知，弗羅特歸生命力的根柢於性慾，作者則云即其力的突進和跳躍。這在目下同類的羣書中，殆可以說，既異於科學家似的專斷和哲學家似的玄虛，而且也並無一般文學論者的繁碎。作者自己就很有獨創力的，於是此書也就成爲一種創作，而對於文藝，即多有獨到的見地和深切的會心。

非有天馬行空似的大精神即無大藝術的產生。但中國現在的精神又何其萎靡錮蔽呢？這譯文雖然拙澀，幸而實質本好，倘讀者能夠堅忍地反覆過兩三回，當可以看見許多很有意義的處所罷：這是我所以冒昧開譯的原因，——自然也是太過分的奢望。

文句大概是直譯的，也極願意一併保存原文的口吻。但我於國語文法是外行，想必很有不合軌範的句子在裏面。其中尤須聲明的，是幾處不用「的」字，而特用「底」字的緣故。即凡形容詞與名詞相連成一名詞者，其間用「底」字，例如 social being 爲社會底存在物，Psychische Trauma 爲精神底傷害等；又，形容詞之由別種品詞轉來，語尾有 tive, tic 之類者，於下也用「底」字，例如 speculative，romantic，就寫爲思索底，羅曼底。

在這里我還應該聲謝朋友們的非常的帮助，尤其是許季黻君之於英文；常維鈞君之於法文，他還從原文譯出一篇項鍊給我附在卷後，以便讀者的參看；陶璿卿君又特地爲作一幅圖畫，使這書被了淒豔的新裝。

一九二四年十一月二十二日之夜，魯迅在北京記。

目次

第一 創作論

第四　文藝的起源

圖目

苦悶的象徵

第一　創作論

一　兩種力

有如鐵和石相擊的地方就迸出火花，奔流給磐石擋住了的地方那飛沫就現出虹采一樣，兩種的力一衝突，於是美麗的絢爛的人生的萬花鏡，生活的種種相就展開來了。“No struggle, no drama,,者，固然是勃廉諦爾（F.Brunetière）爲解釋戲曲而說的話，然而這其實也不但是戲曲。倘沒有兩種力相觸相擊的糾葛，則我們的生活，我們的存在，在根本上就失掉意義了。正因爲有生的苦悶，也因爲有戰的苦痛，所以人生纔有生的功效。凡是服從於權威，束縛於因襲，羊一樣聽話的醉生夢死之徒，以及忙殺在利害的打算上，專受物慾的指使，而忘却了自己之爲人的全底存在的那些庸流所不會覺得，不會嘗到的心境——人生的深的興趣，要而言之，無非是因為強大的兩種力的衝突而生的苦悶懊惱的所產罷了。我就想將文藝的基礎放在這一點上，解釋起來看。所謂兩種的力的衝突者——

二　創造生活的慾求

將那閃電似的，奔流似的，驀地，而且幾乎是胡亂地突進不息的生命的力，看為人間生活的根本者，是許多近代的思想家所一致的。那以為變化流動即是現實，而說「創造的進化」的伯格森(H. Bergson)的哲學不待言，就在勖本華爾(A. Schopenhauer)的意志說裏，尼采(F. Nietzsche)的本能論超人說裏，表現在培那特蕭(Bernard Shaw)的戲曲人與超人(Man and Superman)裏的「生力」裏，嘉本特(E. Carpenter)的承認了人間生命的永遠不滅的創造性的「宇宙底自我」說裏，在近來，則如羅素(B. Russell)在社會改造的根本義(Principles of Social Reconstruction）上所說的衝動說裏，豈不是統可以窺見「生命的力」的意義麼？

永是不願意凝固和停滯，避去妥協和降伏，只尋求着自由和解放的生命的力，是無論有意識地或無意識地，總是不住地從裏面熱着我們人類的心胸，就在那深奧處，烈火似的焚燒着，將這炎炎的火燄，從外面八九層地遮蔽起來，巧妙地使全體運轉着的一副安排，便是我們的外底生活，經濟生活，也是在稱為「社會」這一個有機體裏，作為一分子的機制（mechanism）的生活。用比喻來說：生命的力者，就像在機關車上的鍋鑪裏，有着猛烈的爆發性，危險性，破壞性，突進性的蒸汽力似的東西。機械的各部分從外面將這力壓制束縛着，而同時又靠這力使一切車輪運行。於是機關車就以所需的速度，在一定的軌道上前進了。這蒸汽力的本質，就不外乎是全然絕去了利害的關係，離開了道德和法則的軌道，幾乎胡亂地只是突進，只想跳躍的生命力。換句話說，就是這時從內部發出來的蒸汽力的本質底要求，和機械的別部分的本質底要求，是分明取着正反對的方向的。機關車的內部生命的蒸汽力有着要爆發，要突進，要自由和解放的不斷的傾向，而反之，機械的外底的部分却巧妙地利用了這力量，靠着將他壓制，拘束的事，反使那本來因爲重力而要停止的車輪，也因了這力，而在軌道上走動了。

我們的生命，本是在天地萬象間的普遍的生命。但如這生命的力含在或一個人中，經了其「人」而顯現的時候，這就成爲個性而活躍了。在裏面燒着的生命的力成爲個性而發揮出來的時候，就是人們爲內底要求所催促，想要表現自己的個性的時候，其間就有着眞的創造創作的生活。所以也就可以說，自己生命的表現，也就是個性的表現，個性的表現，便是創造的生活了罷。人類的在眞的意義上的所謂「活着」的事，換一句話，即所謂「生的歡喜」(joy of life)的事，就在這個性的表現，創造創作的生活裏可以尋到。假使個人都全然否定了各各的個性，將這放棄了，壓抑了，那就像排列着造成一式的泥人似的，一模一樣的東西，是沒有使他活着這許多的必要的。從社會全體看，也是個人若不各自十分地發揮他自己的個性，眞的文化生活便不成立，這已經是許多人們說舊了的話了。

在這樣意義上的生命力的發動，即個性表現的內底慾求，在我們的靈和肉的兩方面，就顯現爲各種各樣的生活現象。就是有時爲本能生活，有時爲游戲衝動，或爲强烈的信念，或爲高遠的理想，爲學子的知識慾，也爲英雄的征服慾望。這如果成爲哲人的思想活動，詩人的情熱，感激，企慕而出現的時候，便最强最深地感動人。而這樣的生命力的顯現，是超絕了利害的念頭，離了善惡邪正的估價，脫却道德的批評和因襲的束縛而帶着一意只要飛躍和突進的傾向：這些地方就是特徵。

三　强制壓抑之力

然而我們人類的生活，又不能只是單純的一條路的。要使那想要自由不羈的生命力儘量地飛躍，以及如心如意地使個性發揮出來，則我們的社會生活太複雜，而人就在本性上，內部也含着太多的矛盾了。

我們爲要在稱爲「社會」的這一個大的有機體中，作爲一分子而生活着，便只好必然地服從那强大的機制。使我們在從自己的內面迫來的個性的要求，即創造創作的慾望之上，總不能不甘受一些什麼迫壓和强制。尤其是近代社會似的，制度法律軍備警察之類的壓制機關都完備了，別一面，又有着所謂「生活難」的恐嚇，我們就有意識地或無意識地，總難以脫離這壓抑。在減削個人自由的國家至上主義面前低頭，在抹殺創造創作生活的資本萬能主義膝下下跪，倘不將這些看作尋常茶飯的事，就實情而論，是一天也活不下去的。

在內有想要動彈的個性表現的慾望，而和這正相對，在外却有社會生活的束縛和强制不絕地迫壓着。在兩種的力之間，苦惱掙扎着的狀態，就是人類生活。這只要就今日的勞動——不但是筋肉勞動，連口舌勞動，精神勞動，無論什麼一切勞動的狀態一想就了然。說勞動是快樂，那已經是一直從前的話了。可以不爲規則和法規所縶縛，也不被「生活難」所催促，也不受資本主義和機械萬能主義的壓迫，而各人可以各做自由的發揮個性的創造生活的勞動，那若不是過去的上世，就是一部分的社會主義論者所夢想的烏託邦的話。要知道無論做一個花瓶，造一把短刀，也可以注上自己的心血，獻出自己的生命的力，用了伺候神明似的虔敬的心意來工作的社會狀態，在今日的實際上，是絕對地不可能的事了。

從今日的實際生活說來，則勞動就是苦患。從個人奪去了自由的創造創作的慾望，使他在壓迫强制之下，過那不能轉動的生活的就是勞動。現在已經成了人們若不在那用了生活難的威脅當作武器的機械和法則和因襲的强力之前，先捨了像人樣的個性生活，多少總變一些法則和機械的奴隸，甚而至於自己若不變成機械的妖精，便即棲息不成的狀態了。既有留着八字鬚的所謂教育家之流的教育機器，在銀行和公司裏，風采裝得頗爲時髦的計算機器也不少。放眼一看，以勞動爲享樂的人們幾乎全沒有，就是今日的情形。這模樣，又怎能尋出「生的歡喜」來？

人們若成了單爲從外面逼來的力所動的機器的妖精，就是爲人的最大苦痛了；

反之，倘若因了自己的個性的內底要求所催促的勞動，那可常常是快樂，是愉悅。一樣是搬石頭種樹木之類的造花園的勞動，在受着僱主的命令，或者迫於生活難的威脅，爲了工錢而做事的花兒匠，是苦痛的。然而同是這件事，倘使有錢的封翁爲了自己內心的要求，自己去做的時候，那就明明是快樂，是消遣了。這樣子，在勞動和快樂之間，本沒有工作的本質底差異。換了話說，就是並非勞動這一件事有苦患，給與苦患的畢竟不外乎從外面逼來的要求，即强制和壓抑。

生活在現代的人們的生活，和在街頭拉着貨車走的馬匹是一樣的。從外面想，那確乎是馬拉着車罷。馬這一面，也許有自以爲自已拉着車走的意思。但其實是不然的。那並非馬拉着車，却是車推着馬使他走。因爲倘沒有車和轅的壓制，馬就沒有那麼地流着大汗，氣喘吁吁地奔走的必要的。在現世上，從早到晚飛着人力車，自以爲出色的活動家的那些能手之流，其實是度着和那可憐的馬匹相差一步的生活，只有自己不覺得，得意着罷了。

據希勒壘爾(Fr. von Schiller)在那有名的美底教育論(Briefe uber die Aestatische Erziehung des Menschen)上所講的說，則游戲者，是勞作者的意向(Neigung) 和義務(Pflicht)適宜地一致調和了的時候的活動。我說「人惟在游玩的時候纔是完全的人」(一)的意思，就是將人們專由自己內心的要求而動，不受着外底强制的自由的創造生活，指爲游戲而言。世俗的那些貴勞動而賤游戲的話，若不是被永遠甘受着强制的奴隸生活所麻痺了的人們的謬見，便是專制主義者和資本家的專爲自已設想的任意的胡言。想一想罷，在人間，能有比自己表現的創造生活還要高貴的生活麼？

註(一) 拙著出了象牙之塔一七四頁游戲論參照。

沒有創造的地方就沒有進化。凡是只被動於外底要求，反覆着妥協和降伏的生活，而忘却了個性表現的高貴的，便是幾千年幾萬年之間，雖在現在，也還反覆着往古的生活的禽獸之屬。 所以那些全不想發揮自己本身的生命力，單給因襲束縛着，給傳統拘囚着，摹擬些先人做過的事，而坦然生活着的人們，在這一個意義上，就和畜生同列，即使將這樣的東西聚集了幾千萬，文化生活也不會成立的。

然而以上的話，也不過單就我們和外界的關係說。但這兩種的力的衝突，也不能說僅在自己的生命力和從外部而至的强制和壓抑之間纔能起來。人類是在自己這本身中，就已經有着兩個矛盾的要求的。譬如我們一面有着要澈底地以個人而生活的慾望，而同時又有着人類既然是社會底存在物(social being)了，那就也就和什麼家族呀，社會呀，國家呀等等調和一些的慾望。一面既有自由地使自己的本能得到滿足這一種慾求，而人類的本性既然是道德底存在物(moral being)，則別一面就該又有一種慾求，要將這樣的本能壓抑下去。即使不被外來的法則和因襲所束縛，然而却想用自已的道德，來抑制管束自己的要求的是人類。我們有獸性和惡魔性，但一起也有着神性；有利已主義的慾求，但一起也有着愛他主義的慾求。如果稱那一種爲生命力，則這一種也確乎是生命力的發現。這樣子，精神和物質，靈和肉，理想和現實之間，有着不絕的不調和，不斷的衝突和糾葛。所以生命力愈旺盛，這衝突這糾葛就該愈激烈。 一面要積極底地前進，別一面又消極底地要將這阻住，壓下。並且要知道，這想要前進的力，和想要阻止的力，就是同一的東西。尤其是倘若壓抑强，則爆發性突進性即與强度爲比例，也更加强烈，加添了熾熱的度數。將兩者作幾乎成正比例看，也可以的。稍爲極端地說起來，也就不妨說，無壓抑，即無生命的飛躍。

這樣的兩種力的衝突和糾葛，無論在內底生活上，在外底生活上，是古往今來所有的人們都曾經驗的苦痛。 縱使因了時代的大勢，社會的組織，以及個人的性情，境遇的差異等，要有些大小强弱之差，然而從原始時代以至現在，幾乎沒有一個不爲這苦痛所惱的人們。古人曾將這稱爲「人生不如意」而歎息了；也說「不從心的是人間世」。用現在的話來說，這便是人間苦，是社會苦，是勞動苦。德國的厭生詩人來瑙（N. Lenau）雖曾經將這稱爲世界苦惱（Weltschmerz），但都是名目雖異，而包含意義的內容，總不外是想要飛躍突進的生命力，因爲被和這正反對的力壓抑了而生的苦悶和懊惱。

除了不耐這苦悶，或者絕望之極，否定了人生，至於自殺的之外，人們總無不想設些什麼法，脫離這苦境，通過這障礙而突進的。於是我們的生命力，便宛如給磐石擋着的奔流一般，不得不成淵，成溪，取一種迂廻曲折的行路。或則不能不嘗那立馬陣頭，一面殺退幾百幾千的敵手，一面勇往猛進的戰士一樣的酸辛。在這里，即有着要活的努力，而一起也就生出人生的興味來。要創造較好，較高，較自由的生活的人，是繼續着不斷的努力的。

所以單是「活着」這事，也就是在或一意義上的創造，創作。無論在工廠裏做工，在帳房裏算帳，在田裏耕種，在市裏買賣，既然無非是自己的生活力的發現，說這是或一程度的創造生活，那自然是不能否定的。然而要將這些作爲純粹的創造生活，却還受着太多的壓抑和制馭。因爲爲利害關係所煩擾，爲法則所左右，有時竟看見顯出不能掙扎的慘狀來。但是，在人類的種種生活活動之中，這里却獨有一個絕對無條件地專營純一不雜的創造生活的世界在。這就是文藝的創作。

文藝是純然的生命的表現；是能够全然離了外界的壓抑和强制，站在絕對自由的心境上，表現出個性來的唯一的世界。忘却名利，除去奴隸根性，從一切羈絆束縛解放下來，這纔能成文藝上的創作。必須進到那與留心着報章上的批評，算計着稿費之類的全然兩樣的心境，這纔能成眞的文藝作品，因爲能做到僅被在自己的心裏燒着的感激和情熱所動，像天地創造的曙神所做的一樣程度的自己表現的世界，是只有文藝而已。我們在政治生活，勞動生活，社會生活之類裏所到底尋不見的生命力的無條件的發現，只有在這里，却完全存在。換句話說，就是人類得以抛棄了一切虛僞和敷衍，認眞地誠實地活下去的唯一的生活。文藝的所以能估人類的文化生活的最高位，那緣故也就在此。和這一比較，便也不妨說，此外的一切人類活動，全是將我們的個性表現的作爲加以減削，破壞，蹂躪的了。

那麼，我在先前所說過那樣的從壓抑而來的苦悶和懊惱，　和這絕對創造的文藝，究竟有着怎樣的關係呢？並且不但從創作家這一面，還從鑒賞那些作品的讀者這一面說起來，人間苦和文藝，應該怎樣看法呢？我對於這些問題，當陳述自已的管見之前，想要作爲準備，先在這里引用的，是在最近的思想界上得了很大的勢力的一個心理學說。

四　精神分析學

在覺察了單靠試驗管和顯微鏡的研究並不一定是達到眞理的唯一的路，從實驗科學萬能的夢中，將要醒來的近來的學界上，那些帶着神祕底，思索底 (speculative)，以及羅曼底(romantic)的色采的種種的學說，就很得—勢力了。即如我在這里將要引用的精神分析學(Psychoanalysis)，以科學家的所說而論，也是非常異樣的東西。

奧地利的維也納大學的精神病學教授弗羅特 (S. Freud)，和一個醫生叫作勃洛耶爾 (J. Breuer) 的，在一千八百九十五年發表了一本歇斯迭里的研究(Studien über Hysterie)，一千九百年又出了有名的夢的解釋(Die Traumdeutung)，從此這精神分析的學說，就日見其多地提起學術界思想界的注意來。甚至於還有人說，這一派的學說在新的心理學上，其地位等於達爾文(Ch. Darwin)的進化論之在生物學。——弗羅特自已誇這學說似乎是歌白尼 (N. Coppernicus) 地動說以來的大發見，這可是使人有些惶恐。——但姑且不論這些，這精神分析論著想之極爲奇拔的地方，以及有着豐富的暗示的地方，對於變態心理，兒童心理，性慾學等的研究，却實在開拓了一個新境界。尤其是最近幾年來，這學說不但在精神病學上，即在敎育學和社會問題的研究者，也發生了影響；又因爲弗羅特對於機智，夢，傳說，文藝創作的心理之類，都加了一種的解釋，所以在今日，便是文藝批評家之間，也很有應用這種學說的人們了。而且連 Freudian Romanticism 這樣的新名詞，也聽到了。

新的學說也難於無條件地就接受。精神分析學要成爲學界的定說，大約總得經過許多的修正，此後還須不少的年月罷。就實際而言，便是從我這樣的門外漢的眼睛看來，這學說也還有許多不備和缺陷，有難於立刻首肯的地方。尤其是應用在文藝作品的說明解釋的時候，更顯出最甚的牽强附會的痕迹來。

弗羅特的所說，是從歇斯迭里病人的治療法出發的。他發見了從希臘的息波克拉第斯（Hippokrates）以來直到現在，使醫家束手的這莫名其妙的疾病歇斯迭里的病源，是在病人的閱歷中的精神底傷害（Psychische Trauma）裏。就是，具有强烈的興奮性的慾望，即性慾——他稱這爲 Libido——，曾經因了病人自己的道德性，或者周圍的事情，受過壓抑和阻止，因此病人的內底生活上，便受了酷烈的創傷。然而病人自己，却無論在過去，在現在，都絲毫沒有覺到。這樣的過去的苦悶和重傷，現在是已經逸出了他的意識的圈外，自己也毫不覺得這樣的苦痛了。雖然如此，而病人的「無意識」或「潛在意識」中，却仍有從壓抑得來的酷烈的傷害正在內攻，宛如液體裏的沈滓似的剩着。這沈滓現在來打動病人的意識狀態，使他成爲病底，還很攪亂他的時候，便是歇斯迭里的症狀，這是弗羅特所覺察出來的。

對於這病的治療的方法，就是應該根據了精神分析法，尋出那是病源也是禍根的傷害究在病人的過去閱歷中的那邊，然後將他除去，絕滅。也就是使他將被壓抑的慾望極自由地發露表現出來，即由此取去他剩在無意識界的底裏的沈滓。這或者用催眠術，使病人說出在過去的閱歷經驗中的自以爲就是這一件的事實來；或者用了巧妙的問答法，使他極自由極開放地說完苦悶 原因，總之是因爲直到現在還加着壓抑的便是病源，所以要去掉這壓抑，使他將慾望搬到現在的意識的世界來。這樣的除去了壓抑的時候，那病也就一起醫好了。

我在這里要引用一條弗羅特教授所發表的事例：

有一個生着很重的歇斯迭里的年青的女人。探查這女人的過去的閱歷，就有過下面所說的事。她和非常愛她的父親死別之後不多久，她的姊姊就結了婚。但不知怎樣，她對於她的姊夫却懷着莫名其妙的好意，互相親近起來，然而說這就是戀愛之類，那自然原是毫不覺到的。這其間，她的姊姊得病死去了。正和母親一同旅行着，沒有知道這事的她，待到回了家，剛站在亡姊的枕邊的時候，忽而這樣想：姊姊既然已經死掉，我就可以和他結婚了。

弟妹和嫂嫂姊夫結婚，在日本不算希罕，然而在西洋，是看作不倫的事的。弗羅特教授的國度裏不知怎樣；若在英吉利，則近來還用法律禁止着的事，在戲曲小說上就有。對於姊夫懷着親密的意思的這女人，當「結婚」這一個觀念突然浮上心頭的時候，便跪在社會底因襲的面前，將這慾望自己壓抑阻止了。會浮上「結婚」這一個觀念，她對於姊夫也許本非無意的罷。——這一派的學者幷將親子之愛也看作性的慾望的變形，所以這女人許是失了異性的父親的愛之後，便將這移到姊夫那邊去。——然而這分明是戀愛，却連自已也沒有想到過。後來成了劇烈的歇斯迭里病人，來受弗羅特教授的診察的時候，連曾經有過這樣的慾望的事情也想不起來了。在受着教授的精神分析治療之間，這纔被叫回到顯在意識上來，用了非常的情熱和興奮來表現之後，這病人的病，據說即刻也全愈了。這一派的學說，是將「忘却」也歸在壓抑作用裏的。

弗羅特教授的研究發表了以來，這學說不但在歐洲，而在美洲尤其引起許多學子的注目。法蘭西泊爾陀大學的精神病學教授萊琪（Régis）氏有精神分析論之作，瑞士圖列息大學的永格（C. J. Jung）教授則出了無意識的心理。性慾的變形和象徵的研究，對於思想發達史的貢獻。前加拿大託隆德大學的教授瓊斯（A. Jones）氏又將關於夢和臨床醫學和教育心理之類的研究彙聚在精神分析論集裏。而且由了以青年心理的研究在我國很出名的美國克拉克大學總長荷耳（G. Stanley Hall）教授，或是也如弗羅特一樣的維也納的醫士亞特賚（A. Adler）氏這些人之手，這學說又經了不少的補足和修正。

但是，從精神病學以及心理學看來，這學說的當否如何，是我這樣 layman 所不知道的。至於精細的研究，則我國也已有了久保博士的精神分析法和九州大學的榊教授的性慾和精神分析學這些好書，所以我在這里不想多說話。惟有作爲文藝的研究者，看了最近出版的摩兒勒氏的新著在文學裏的色情的動機（一）以及哈佛氏從這學說的見地，來批評美國近代文學上寫實派的翹楚，而現在已經成了故人的荷惠勒士的書（二）；又在去年，給學生講沙士比亞（W. Shakespeare）的戲曲瑪克培斯（Macbeth）時，則讀珂略德的新論（三）；此外，又讀些用了同樣的方法，來研究斯忒林培克（A. Strindberg），威爾士（H.G. Wells）等近代文豪的諸家的論文（四）。我就對於那些書的多屬非常偏僻之談，或則還沒有絲毫觸着文藝上的根本問題等，很以爲可惜了。我想試將平日所想的文藝觀——即生命力受了壓抑而生的苦悶懊惱乃是文藝的根柢，而其表現法乃是廣義的象徵主義這一節，現在就借了這新的學說，發表出來。這心理學說和普通的文藝家的所論不同，具有照例的科學者一流的組織底體制這一點，就是我所看中的。

註（一）The Erotic Motive in Literature. By Albert Mordell. New York, Boni and Liveright. 1919.

註（二）William Dean Howells: A Study of the Achievement of a Literary Artist. By Alexander Harvey. New York, B. W. Huebsch. 1917.

註（三）The Hysteria of Lady Macbeth. By I. H. Coriat. New York, Moffat, Yard and Co. 1912.

註（四）August Strindberg, a Psychoanalytic Study. By Axel Johan Uppvall. Poet Lore, Vol. XXXI, No. 1. Spring Number, 1920.

H. G. Wells and His Mental Hinterland. By Wilfrid Lay. The Bookman (New York), for July 1917.

五　人間苦與文藝

從這一學派的學說，則在向來心理學家所說的意識和無意識（即潛在意識）之外，別有位於兩者的中間的「前意識」（preconscious, Vorbewusste）。即使這人現在不記得，也並不意識到，但既然會在自己的體驗之內，那就隨時可以自發底地想到，或者由聯想法之類，能夠很容易地拿到意識界來：這就是前意識。將意識比作戲臺，則無意識就恰如在裏面的後臺。有如原在後臺的戲子，走出戲臺來做戲一樣，無意識裏面的內容，是支使着意識作用的，只是我們沒有覺察着罷了。其所以沒有覺察者，即因中間有着稱爲「前意識」的隔扇，將兩者截然區分了的緣故。不使「無意識」的內容到「意識」的世界去，是有執掌監視作用的監督（censor, Zensur）儼然地站在境界線上，看守着的。從那些道德，因襲，利害之類所生的壓抑作用，須有了這監督纔會有；由兩種的力的衝突糾葛而來的苦悶和懊惱，就成了精神底傷害，很深地被埋葬在無意識界裏的儘裏面。在我們的體驗的世界，生活內容之中，隱藏着許多精神底傷害或至於可慘，但意識地却並不覺着的。

然而出於意外的是無意識心理却以可駭的力量支使着我們。爲個人，則幼年時代的心理，直到成了大人的時候也還在有意無意之間作用着；爲民族，則原始底神話時代的心理，到現在也還於這民族有影響。——思想和文藝這一面的傳統主義，也可以從這心理來研究的罷，永格教授的所謂「集合底無意識」(the collective unconscious)以及荷耳教授的稱爲「民族心」(folk-soul)者，皆即此。據弗羅特說，則性慾決不是到春機發動期纔顯現，嬰兒的釘着母親的乳房，女孩的纒住異性的父親，都已經有性慾在那里作用着，這一受壓抑，並不記得的那精神底傷害，在成了大人之後，便變化爲各樣的形式而出現。弗羅特引來作例的是萊阿那陀達文希(一)。他的大作，被看作藝術界中千古之謎的穆那里沙(Mona Lisa)的女人的微笑，經了考證，已指爲就是這畫家萊阿那陀五歲時候就死別了的母親的記憶了。在俄國梅壘什珂夫斯奇(D. S. Merezhkovski)的小說先驅者(英譯 The Forerunner)中，所描寫的這文藝復興期的大天才萊阿那陀的人格、現經精神病學者解剖的結果，也歸在這無意識心理上，他那後年的科學研究熱，飛機製造，同性愛，藝術創作等，全都歸結到由幼年的性慾的壓抑而來的「無意識」的潛勢底作用裏去了。

註(1) Sigmund Freud, Eine Kindheitserinnerung des Leonardo da Vinci. Leipzig und Wien, Deuticke. 1910.

不但將萊阿那陀，這派的學者也用了這研究法，試來解釋過沙士比亞的哈謨列德(Hamlet)劇，跋格納爾(R. Wagner)的歌劇，以及託爾斯泰(L. N. Tolstoi)和來瑙。聽說弗維特又已立了計畫，并將瞿提(W. von Goethe)也要動手加以精神解剖了。如我在前面說過的烏普伐勒氏在克拉克大學所提出的學位論文斯忒林培克研究，也就是最近的一例。

說是因了儘要滿足慾望的力和正相反的壓抑力的糾葛衝突而生的精神底傷害，伏藏在無意識界裏這一點，我即使單從文藝上的見地看來，對於弗羅特說也以為並

Leonardo da Vinci: Mona Lisa.

Musée du Louvre.

無可加異議的餘地。但我所最覺得不滿意的是他那將一切都歸在「性底渴望」裏的偏見，部分底地單從一面來看事物的科學家癖。自然，對於這一點，即在同派的許多學子之間，似乎也有了各樣的異論了。或者以爲不如用「興味」(interest)這字來代「性底渴望」；亞特賚則主張是「自我衝動」(Ichtrieb)，英吉利派的學者又想用哈彌耳敦(W. Hamilton)仿了康德(I. Kant)所造的「意欲」(conaction)這字來替換他。但在我自已，則有如這文章的冒頭上就說過一般，以爲將這看作在最廣的意義上的生命力的突進跳躍，是妥當的。

着重於永是求自由求解放而不息的生命力，個性表現的慾望，人類的創造性，這傾向，是最近思想界的大勢，在先也已說過了。人認爲這是對於前世紀以來的唯物觀决定論的反動。以爲人類爲自然的大法所左右，但支使於機械底法則，不能動彈的，那是自然科學萬能時代的思想。到了二十世紀，這就很失了勢力，一面又有反抗因襲和權威，貴重自我和個性的近代底精神步步的佔了優勢，於是人的自由創造的力就被承認了。

既然肯定了這生命力，這創造性，則我們即不能不將這力和方向正相反的機械底法則，因襲道德，法律底拘束，社會底生活難，此外各樣的力之間所生的衝突，看爲人間苦的根柢。

於是就成了這樣的事，即倘不是恭喜之至的人們，或脈搏減少了的老人，我們就不得不朝朝暮暮，經驗這由兩種力的衝突而生的苦悶和懊惱。換句話說，即無非說是「活着」這事，就是反覆着這戰鬥的苦惱。我們的生活愈不膚淺，愈深，便比照着這深，生命力愈盛，便比照着這盛，這苦惱也不得不愈加其烈。在伏在心的深處的內底生活，即無意識心理的底裏，是蓄積着極痛烈而且深刻的許多傷害的。一面經驗着這樣的苦悶，一面參與着悲慘的戰鬭，向人生的道路進行的時候，我們就或呻，或叫，或怨嗟，或號泣，而同時也常有自己陶醉在奏凱的歡樂和讚美裏的事。這發出來的聲音，就是文藝。對於人生，有着極強的愛慕和執着，至於雖然負了重傷，流着血，苦悶着，悲哀着，然而放不下，忘不掉的時候，在這時候，人類所發出來的詛咒，憤激，讚歎，企慕，歡呼的聲音，不就是文藝麼？在這樣的意義上，文藝就是朝着眞善美的理想，追赶向上的一路的生命的進行曲，也是進軍的喇叭。響亮的閎遠的那聲音，有着貫天地動百世的偉力的所以就在此。

生是戰鬪。在地上受生的第一日，——不，從那最先的第一瞬，我們已經經驗着戰鬪的苦惱了。嬰兒的肉體生活本身，不就是和飢餓黴菌冷熱的不斷的戰鬪麼？能够安穩平和地睡在母親的胎內的十個月姑且不論，然而一離母胎，作爲一個「個體底存在物」(individual being) 的「生」纔要開始，這戰鬪的苦痛就已成爲難免的事了。和出世同時呱的啼泣的那聲音，不正是人間苦的叫喚的第一聲麼？出了母胎這安穩的床，纔遇到外界的刺激的那瞬時發出的啼聲，是纔始立馬在「生」的陣頭者的雄聲呢，是苦悶的第一聲呢，或者還是恭喜地在地上享受人生者的歡呼之聲呢？這些姑且不論，總之那呱呱之聲，在這樣的意義上，是和文藝可以看作那本質全然一樣的。於是爲要免掉飢餓，嬰兒便尋母親的乳房，煩躁着，哺乳之後，則天使似的睡着的臉上，竟可以看出美的微笑來。這煩躁和這微笑，這就是人類的詩歌，人類的藝術。生力旺盛的嬰兒，呱呱之聲也閎大。在沒有這聲音，沒有這藝術的，惟有「死」。

用了什麼美的快感呀，趣味呀等類非常消極底的寬緩的想頭可以解釋文藝，已經是過去的事了。文藝倘不過是文酒之讌，或者是花鳥風月之樂，或者是給小姐們散悶的韻事，那就不知道，如果是站在文化生活的最高位的人間活動，那麼，我以爲除了還將那根柢放在生命力的躍進上來作解釋之外，沒有別的路。讀但丁(A. Dante)，彌耳敦(J. Milton)，裴倫(G.G. Byron)，或者對勃朗寧(R Browning)，託爾斯泰，伊孛生(H. Ibsen)，左拉(E. Zola)，波特來爾(C. Baudelaire)，陀思妥夫斯奇(F. M. Dostojevski)等的作品的時候，誰還有能容那樣獃風流的迂緩萬分的消閒心的餘地呢？我對於說什麼文藝上只有美呀，有趣呀之類的快樂主義底藝術觀，要竭力地排斥他。而於在人生的苦惱正甚的近代所出現的文學，尤其深切地感到這件事。情話式的游蕩記錄，不良少年的胡鬧日記，文士生活的票友化，如果全是那樣的東西在我們文壇上橫行，那毫不容疑，是我們的文化生活的災禍。因爲文藝決不是俗衆的玩弄物，乃是該嚴肅而且沈痛的人間苦的象徵。

六　苦悶的象徵

據和伯格森一樣，確認了精神生活的創造性的意大利的克洛契（B. Croce）的藝術論說，則表現乃是藝術的一切。就是表現云者，並非我們單將從外界來的感覺和印象他動底地收納，乃是將收納在內底生活裏的那些印象和經驗作爲材料，來做新的創造創作。在這樣的意義上，我就要說，上文所說似的絕對創造的生活即藝術者，就是苦悶的表現。

到這里，我在方便上，要回到弗羅特一派的學說去，並且引用他。這就是他的夢的說。

說到夢，我的心頭就浮出一句勃朗寧詠畫聖安特來亞的詩來：

——Dream? strive to do, and agonize to do, and fail in doing.

——*Andrea del Sarto.*

「夢麼？搶着去做，拚着去做，而做不成。」這句子正合於弗羅特的慾望說。

據弗羅特說，則性底渴望在平生覺醒狀態時，因爲受着那監督的壓抑作用，所以並不自由地現到意識的表面。然而這監督的看守鬆放時，即壓抑作用減少時，那就是睡眠的時候。性底渴望便趁着這睡眠的時候，跑到意識的世界來。但還因爲要瞞過監督的眼睛，又不得不做出各樣的胡亂的改裝。夢的眞的內容——即常是躲在無意識的底裏的慾望，便將就近的順便的人物事件用作改裝的傢伙，以不稱身的服飾的打扮而出來了。這改裝便是夢的顯在內容（manifeste Trauminhalt），而潛伏着的無意識心理的那慾望，則是夢的潛在內容(latente Trauminhalt)，也即是夢的思想（Traumgedanken）。改裝是象徵化。

聽說出去探查南極的人們，缺少了食物的時候，那些人們的多數所夢見的東西是山海的珍味；又聽說旅行亞非利加的荒遠的沙漠的人夜夜走過的夢境，是美麗的故國的山河。不得滿足的性慾衝動在夢中得了滿足，成爲或一種病底狀態，這是不待性慾學者的所說，世人大抵知道的罷。這些都是最適合於用弗羅特說的事，以夢而論，却是甚爲單純的。柏拉圖的共和國（Platon's Republica）摩耳的烏託邦（Th. More's Utopia），以至現代所做的關於社會問題的各種烏託邦文學之類，都與將思想家的慾求，借了夢幻故事，照樣表現出來的東西沒有什麼不同。這就是潛在內容的那思想，用了極簡單極明顯的顯在內容——即外形——而出現的時候。

搶着去做，拚着去做，而做不成的那企慕，那慾求，若正是我們偉大的生命力的顯現的那精神底慾求時，那便是以絕對的自由而表現出來的夢。這還不能看作藝術麼？伯格森也有夢的論，以爲精神底活力（Energie spirituel）具了感覺底的各樣形狀而出現的就是夢。這一點，雖然和慾望說全然異趣，但兩者之間，我以為也有着相通的處所的。

然而文藝怎麼成為人類的苦悶的象徵呢？為要使我對於這一端的見解更為分明，還有稍為借用精神分析學家的夢的解說的必要。

作為夢的根源的那思想即潛在內容，是很複雜而多方面的，從未識人情世故的幼年時代以來的經驗，成為許多精神底傷害，積蓄埋藏在「無意識」的圈裏。其中的幾個，即成了夢而出現，但顯在內容這一面，却被縮小為比這簡單得多的東西了。倘將現于一場的夢的戲臺上的背景，人物，事件分析起來，再將各個頭緒作為綫索，向潛在內容那一面尋進去，在那里便能夠看見非常複雜的根本。據說夢中之所以有萬料不到的人物和事件的配搭，出奇的anachronism（時代錯誤）的湊合者，就因為有這壓縮作用（Verdichtungsarbeit）的緣故。就像在演戲，將緜延三四十年的事象，僅用三四時間的扮演便已表現了的一般；又如羅舍諦（D. G. Rossetti）的詩白船（White Ship）中所說，人在將要淹死的一剎那，就於瞬間夢見自己的久遠的過去的經驗，也就是這作用。花山院的御製有云：

在未辨長夜的起訖之間，

夢裏已見過幾世的事了。

（後拾遺集十八）

即合於這夢的表現法的。

夢的世界又如藝術的境地一樣，是尼采之所謂價值顛倒的世界。在那里有着轉移作用（Verschiebungsarbeit），即使在夢的外形即顯在內容上，出現的事件不過一點無聊的情由，但那根本，却由於非常重大的思想。正如雖然是只使報紙的社會欄熱鬧些的市井的瑣事，鄰近的夫婦的拌嘴，但經沙士比亞和伊孛生的筆一描寫，在戲臺上開演的時候，就暗示出在那根柢中的人生一大事實一大思想來，夢又如藝術一樣，是一個超越了利害道德等一切的估價的世界。尋常茶飯的小事件，在夢中就如天下國家的大事似的辦，或者正相反，便是驚天動地的大事件，也可以當作平平常常的小事辦。

這樣子，在夢裏，也有和戲曲小說一樣的表現的技巧。事件展開，人物的性格顯現。或寫境地，或描動作。弗羅特稱這作用爲描寫(Darstellung)。(1)

註(1) 關於以上的作用，詳見 Sigm. Frend, Die Traumdentung, S 222—273.

所以夢的思想和外形的關係，用了弗羅特自己的話來說，則爲「有如將同一的內容，用了兩種各別的國語來說出一樣。換了話說，就是夢的顯在內容者，即不外乎將夢的思想，移到別的表現法去的東西。那記號和聯絡，則我們可由原文和譯文的比較而知道。」(*op. cit.* S. 222) 這豈非明明是一般文藝的表現法的那象徵主義(symbolism)麼?

或一抽象底的思想和觀念，決不成爲藝術。藝術的最大要件，是在具象性。即或一思想內容，經了具象底的人物，事件，風景之類的活的東西而被表現的時候；

換了話說，就是和夢的潛在內容改裝打扮了而出現時，走着同一的徑路的東西，纔是藝術。而賦與這具象性者，就稱爲象徵（symbol）。所謂象徵主義者，決非單是前世紀末法蘭西詩壇的一派所曾經標榜的主義，凡有一切文藝，古往今來，是無不在這樣的意義上，用着象徵主義的表現法的。

在象徵，內容和外形之間，總常有價值之差。即象徵本身和仗了象徵而表現的內容之間，有輕重之差，這是和上文說過的夢的轉移作用完全同一的。用色采來說，就和白表純潔淸淨，黑表死和悲哀，黃金色表權力和榮耀似的；又如在宗敎上最多的象徵，十字架，蓮花，火餤之類所取義的內容等，各各含有大神祕的潛在內容正一樣。就近世的文學而言，也有將伊孛生的建築師（英譯 The Master Builder）的主人公所要揭在高塔上的旗子解釋作象徵化了的理想，他那游魂（英譯 Ghosts）裏的太陽則是表象那個人主義的自由和美的。即全是借了簡單的具象底的外形（顯在內容），而在中心，却表顯着複雜的精神底的東西，理想底的東西，或思想，感情等。這思想感情，就和夢的時候的潛在內容相當。

象徵的外形稍爲複雜的東西，便是諷喩(allegory)寓言(fable)比喩(parable)之類，這些都是將眞理或敎訓，照樣極淺顯地嵌在動物譚或人物故事上而表現的。但是，如果那外形成爲更加複雜的事象，而備了强的情緒底效果，帶着刺激底性質的時候，那便成爲很出色的文藝上的作品。但丁的神曲(Divina Commedia)表示中世的宗敎思想，彌耳敦的失掉的樂園(Paradise Lost)以文藝復興以後的新敎思想爲內容，待到沙士比亞的哈謨列德來暗示而且表象了懷疑的煩悶，而眞的藝術品於是成功。(一)

註(一)　我的舊作近代文學十講(小板)五五〇頁以下參照。

Silberer, Problems of Mysticism and its Symbolism. New York, Moffat, Yard and Co. 1917. 這一部書也是從精神分析學的見地寫成的，關於象徵和寓言和夢的關係，可以參照同書的 Part I, Sections I, II; Part II,

照這樣子，弗羅特教授一派的學者又來解釋希臘梭孚克里斯（Sophokles）的大作，悲劇阿迭普斯，立了有名的 OEDIPUS COMPLEX（阿迭普斯錯綜）說；又從民族心理這方面看，使古代的神話傳說的一切，都歸到民族的美的夢這一個結論了。

在內心燃燒着似的慾望，被壓抑作用這一個監督所阻止，由此發生的衝突和糾葛，就成爲人間苦。但是，如果說這慾望的力免去了監督的壓抑，以絕對的自由而表現的唯一的時候就是夢，則在我們的生活的一切別的活動上，即社會生活，政治生活，經濟生活，家族生活上，我們能從常常受着的內底和外底的强制壓抑解放，以絕對的自由，作純粹創造的唯一的生活就是藝術。使從生命的根柢裏發動出來的個性的力，能如間歇泉(geyser)的噴出一般地發揮者，在人生惟有藝術活動而已。正如新春一到，草木萌動似的，禽鳥嚶鳴似的，被不可抑止的內底生命(inner life)

的力所逼迫，作自由的自己表現者，是藝術家的創作。在慣於單是科學底地來看事物的心理學家的眼裏，至於看成「無意識」的那麼大而且深的這有意識的苦悶和懊惱，其實是潛伏在心靈的深奧的聖殿裏的。只有在自由的絕對創造的生活裏，這受了象徵化，而文藝作品纔成就。

人生的大苦患大苦惱，正如在夢中，慾望便打扮改裝着出來似的，在文藝作品上，則身上裹了自然和人生的各種事象而出現。以爲這不過是外底事象的忠實的描寫和再現，那是謬誤的皮相之談。所以極端的寫實主義和平面描寫論，如作爲空理空論則弗論，在實際的文藝作品上，乃是無意義的事。便是左拉那樣主張極端的唯物主義的描寫論的人，在他的著作工作（Travail）蕃茂（La Fecondite）之類裏所顯示的理想主義，不就內潰了他自己的議論麼？他不是將自己的慾望的歸着點這一個理想，就在那作品裏暗示着麼？如近時在德國所唱道的稱爲表現主義（Expressionismus）的那主張，要之就在以文藝作品爲不僅是從外界受來的印象的再現，乃是將蓄在作家的內心的東西，向外面表現出去。他那反抗從來的客觀底態度的印象主義(Impressionismus)而置重於作家主觀的表現(Expression)的事，和晚近思想界的確認了生命的創造性的大勢，該可以看作一致的罷。藝術到底是表現，是創造；不是自然的再現，也不是摹寫。

倘不是將伏藏在潛在意識的海的底裏的苦悶即精神底傷害，象徵化了的東西，即非大藝術。淺薄的浮面的描寫，縱使巧妙的技倆怎樣秀出，也不能如眞的生命的藝術似的動人。所謂深入的描寫者，並非將敗壞風俗的事象之類，詳細地，單是外面底地細細寫出之謂；乃是作家將自己的心底的深處，深深地而且更深深地穿掘下去，到了自己的內容的底的底裏，從那里生出藝術來的意思。探檢自己愈深，便比照着這深，那作品也愈高，愈大，愈强。人覺得深入了所描寫的客觀底事象的底裏者，豈知這其實是作家就將這自己的心底極深地抉剔着，探檢着呢。克洛契之所以承認了精神活動的創造性者，我以爲也就是出於這樣的意思。

不要誤解。所謂顯現於作品上的個性者，决不是作家的小我，也不是小主觀。也不得是執筆之初，意識地想要表現的觀念或概念。倘是這樣做成的東西，那作品便成了淺薄的做作物，裏面就有牽强，有不自然，因此即不帶着眞的生命力的普遍性，於是也就欠缺足以打動讀者的生命的偉力。在日常生活上，放肆和自由該有區別，在藝術也一樣，小主觀和個性也不可不有截然的區別。惟其創作家有了竭力忠實地將客觀的事象照樣地再現出來的態度，這纔從作家的無意識心理的底裏，毫不勉强地，渾然地，不失本來地表現出他那自我和個性來。換句話，就是惟獨如此，這纔發生了生的苦悶，而自然而然地象徵化了的「心」，乃成爲「形」而出現。所描寫的客觀的事象這東西中，就包藏着作家的眞生命。到這里，客觀主義的極致，即與主觀主義一致，理想主義的極致，也與現實主義合一，而眞的生命的表現的創作於是成功。嚴厲地區別着什麼主觀，客觀，理想，現實之間，就是還沒有達於透澈到和神的創造一樣程度的創造的緣故。大自然大生命的眞髓，我以爲用了那樣的態度是捉不到的。

即使是怎樣地空想底的不可捉摸的夢，然而那一定是那人的經驗的內容中的事物，各式各樣地湊合了而再現的。那幻想，那夢幻，總而言之，就是描寫着藏在自己的胸中的心象。並非單是摹寫，也不是模仿。創造創作的根本義，即在這一點。

在文藝上設立起什麼樂天觀，厭生觀，或什麼現實主義，理想主義等類的分別者，要之就是還沒有觸到生命的藝術的根柢的，表面底皮相底的議論。豈不是正因爲有現實的苦惱，所以我們做樂的夢，而一起也做苦的夢麼？豈不是正因爲有不滿於現在的那不斷的慾求，所以既能爲夢見天國那樣具足圓滿的境地的理想家，也能夢想地獄那樣大苦患大懊惱的世界的麼？才子無所往而不可，在政治科學文藝一切上都發揮出超凡的才能，在別人的眼裏，見得是十分幸福的生涯的瞿提的閱歷中，苦悶也沒有歇。他自已說，「世人說我是幸福的人，但我却送了苦惱的一生。我的生涯，都獻給一塊一塊疊起永久的基礎來這件事了。」從這苦悶，他的大作孚司德（

Faust)，威綏的煩惱（Werthers Leiden），威廉瑪思台爾（Wilhelm Meister），便都成爲夢而出現。投身於政爭的混亂裏，別妻者幾回，自已又苦悶於盲目的悲運的彌耳敦，做了失掉的樂園，也做了復得的樂園（Paradise Regained）。失了和畢阿德里契（Beatrice）的戀，又爲流放之身的但丁，則在神曲中，夢見地獄界，淨罪界和天堂界的幻想。誰能說失戀喪妻的勃朗寧的剛健的樂天詩觀，並不是他那苦悶的變形轉換呢？若在大陸近代文學中，則如左拉和陀思妥夫斯奇的小說，斯忒林培克和伊孛生的戲曲，不就可以聽作被世界苦惱的惡夢所魘的人的呻吟聲麼？不是夢魔使他叫喚出來的可怕的詛咒聲麼？

法蘭西的拉瑪爾丁（A. M. L. de Lamartine）說明彌耳敦的大著作，以爲失掉的樂園是清教徒睡在聖書（Bible）上面時候所做的夢，這實在不應該單作形容的話看。失掉的樂園這篇大敘事詩雖然以聖書開頭的天地創造的傳說爲夢的顯在內容，但在根柢裏，作爲潛在內容者，則是苦悶的人彌耳敦的清教思想（puritanism）。並不是撒但和神的戰爭以及伊甸的樂園的叙述之類，動了我們的心；打動我們的是經了這樣的外形，傳到讀者的心胸裏來的詩人的痛烈的苦悶。

在這一點上，無論是萬葉集，是古今集，是蕪村芭蕉的俳句，是西洋的近代文學，在發生的根本上是沒有本質底的差異的。只有在古時候的和歌俳句的詩人——戴着櫻花，今天又過去了的詞臣，那無意識心理的苦悶沒有像在現代似的痛烈，因而精神底傷害也就較淺之差能了。既經生而爲人，那就無論在詞臣，在北歐的思想家，或者在漫游的俳人，人間苦便都一樣地在無意識界裏潛伏着，而由此生出文藝的創作來。

我們的生活力，和侵進體內來的細菌戰。這戰爭成爲病而發現的時候，體溫就異常之升騰而發熱。正像這一樣，動彈不止的生命力受了壓抑和强制的狀態，是苦悶，而於此也生熱。熱是對於壓抑的反應作用；是對於 action 的 reaction 。所以生命力愈强，便比照着那强，愈盛，便比照着那盛，這熱度也愈高。從古以來，許多人都曾給文藝的根本加上各種的名色了。沛得(Walter Pater)稱這爲「有情熱的觀照」(impassioned contemplation) 梅壘什珂夫斯奇叫他「情想」(passionate thought)，也有借了雪萊(P. B. Shelley) 雲雀歌(Skylark)的末節的句子，名之曰「諧和的瘋狂」(harmonious madness)的批評家。古代羅馬人用以說出這事的是「詩底奮激」(furor poeticus)。只有話是不同的，那含義的內容，總之不外乎是指這熱。沙士比亞卻更進一步，有如下面那樣地作歌。這是當作將創作心理的過程最是詩底地說了出來的句子，向來膾炙人口的：

The poet's eye, in a fine frenzy rolling,
Doth glance from heaven to earth, from earth to heaven;
And as imagination bodies forth
The froms of things unknown, the poet's pen
Turns them to shapes and gives to airy nothing

A local habitation and a name.

——*Midsummer Night's Dream.* Act v, Sc. i.

詩人的眼，在微妙的發狂的廻旋，
瞥閃着，從天到地，從地到天；
而且提出未知的事物的形象來，作爲想像的物體，
詩人的筆即賦與這些以定形。
並且對於空中的烏有，
則給以居處與名。

——夏夜的夢，第五場，第一段。

在這節的第一行的 fine frenzy，就是指我所說的那樣意思的「熱」。

然而熱這東西，是藏在無意識心理的底裏的潛熱。這要成爲藝術品，還得受了象徵化，取或一種具象底的表現。上面的沙士比亞的詩的第三行以下，即可以當作

指這象徵化具象化看的。詳細地說，就是這經了目能見耳能聞的感覺的事象即自然人生的現象，而放射到客觀界去。對於常人的眼睛所沒有看見的人生的或一狀態「提出未知的事物的形象來，作爲想像的物體」；抓住了空漠不可捉摸的自然人生的眞實，給與「居處與名」的是創作家。於是便成就了有極强的確鑿的實在性的夢。現在的 poet 這字，語源是從希臘語的 poiein = to make 來的。所謂「造」即創作者，也就不外乎沙士比亞之所謂「提出未知的事物的形象來，作爲想像的物體，即賦與以定形」的事。

最初，是這經了具象化的心像(image)，存在作家的胸中。正如懷孕一樣，最初，是胎兒似的心像，不過爲 conceived image 。是西洋美學家之所謂「不成形的胎生物」(alortive conception)。既已孕了的東西，就不能不產出於外。於是作家遂被自己表現(self-expression or self-externalization)這一個不得已的內底要求所逼迫，生出一切母親都曾經驗過一般的「生育的苦痛」來。作家的生育的苦痛，就是爲了怎樣將存在自己胸裏的東西，錬成自然人生的感覺底事象，而放射到外界去；或者怎樣造成理趣情景兼備的一個新的完全的統一的小天地，人物事象，而表現出去的苦痛。這又如母親們所做的一樣，是作家分給自己的血，割了靈和肉，作爲一個新的創造物而產生。

又如經了「生育的苦痛」之後，產畢的母親就有歡喜一樣，在成全了自己生命的自由表現的創作家，也有離了壓抑作用而得到創造底勝利的歡喜。從什麼稿費名聲那些實際底外底的滿足所得的不過是快感（pleasure），但別有在更大更高的地位的歡喜（joy），是一定和創造創作在一處的。

第二 鑒賞論

一 生命的共感

以上爲止，我已經從創作家這一面，論過文藝了。那麼，倘從鑒賞者即讀者看客這一面看，又怎樣說明那很深地伏在無意識心理的深處的苦悶的夢或象徵，乃是文藝呢？

我爲要解釋這一點，須得先說明藝術的鑒賞者也是一種創作家，以明創作和鑒賞的關係。

凡文藝的創作，在那根本上，是和上文說過那樣的「夢」同一的東西，但那或一種，却不可不有比夢更多的現實性和合理性，不像夢一般支離滅裂而散漫，而是儼然統一了的事象，也是現實的再現。正如夢是本於潛伏在無意識心理的底裏的精神底傷害一般，文藝作品則是本於潛伏在作家的生活內容的深處的人間苦。所以經了描寫在作品上的感覺底具象底的事象而表現出來的東西，即更是本在內面的作家的個性生命，心，思想，情調，心氣。換了話說，就是那些茫然不可捕捉的無形無色無臭無聲的東西，用了有形有色有臭有聲的具象底的人物事件風景以及此外各樣的事物，作爲材料，而被表出。那具象底感覺底的東西，即被稱爲象徵。

所以象徵云者，是暗示，是刺激；也無非是將沈在作家的內部生命的底裏的或種東西，傳給鑒賞者的媒介物。

生命者，是遍在於宇宙人生的大生命。因爲這是經由個人，成爲藝術的個性而被表現的，所以那個性的別半面，也總得有大的普遍性。就是既爲橫目竪鼻的人，則不問時的古今，地的東西，無論誰那里都有着共通的人性；或者既生在同時代，同過着苦惱的現代的生活，即無論爲西洋人，爲日本人，便都被焦勞於社會政治上的同樣的問題；或者既然以同國度同時代同民族而生活着，即無論誰的心中，便都有共通的思想。在那樣的生命的內容之中，即有人的普遍性共通性在。換句話說，就是人和人之間，是具有足以呼起生命的共感的共通內容存在的。那心理學家所稱爲「無意識」，「前意識」，「意識」那些東西的總量，用我的話來說，便是生命的內容。因爲作家和讀者的生命內容有共通性共感性，所以這就因了稱爲象徵這一種具有刺激性暗示性的媒介物的作用而起共鳴作用。於是藝術的鑒賞就成立了。

將生命的內容用別的話來說，就是體驗的世界。這里所謂體驗(Erlebnis)，是指這人所曾經深切的感到過，想過，或者見過，聽過，做過的事的一切；就是連同外底和內底，這人的曾經經驗的事的總量。所以所謂藝術的鑒賞，是以作家和讀者間的體驗的共通性共感性，作爲基礎而成立的。即在作家和讀者的「無意識」，「前意識」，「意識」中，兩邊都有能够共通共感者存在。作家只要用了稱爲象徵這一種媒介物的强的刺激力，將暗示給與讀者，便立刻應之而共鳴，在讀者的胸中，也炎起一樣的生命的火。只要單受了那刺激，讀者也就自行、燃燒起來。這就因爲很深的沈在作家心中的深處的苦悶，也即是讀者心中本已有了的經驗的緣故。用比喩說，就如因爲木材有可燃性，所以只要一用那等於象徵的火柴，便可以從別的東西在這里點火。也如在毫無可燃性的石頭上，不能放火一樣，對於和作家並無可以共通共感的生命的那些俗惡無趣味無理解的低級讀者，則縱有怎樣的大著傑作，也不能給與什麼銘感，縱使怎樣的大天才大作家，對於這樣的俗漢也就無法可施。要而言之，從藝術上說，這種俗漢乃是無緣的衆生，難於超度之輩。這樣的時候，鑒賞即全不成立。

這是很在以前的舊話了：曾有一個身當文敎的要路的人兒，頭腦很舊，脈搏減少了的罷，他看了風靡那時文壇的新文藝的作品之後，說的話可是很胡塗。「冗長地寫出那樣沒有什麼有趣的話來，到了結末的地方，是彷彿騙人似的無聊的東西而已。」聽說他還怪青年們有什麼有趣，竟來讀那樣的小說哩。這樣的老人——即使年紀靑，這樣的老人世上多得很——和靑年，即使生在同時代同社會中，但因爲體驗的內容全兩樣，其間就毫無可以共通共感的生活內容。這是欠缺着鑑賞的所以得能成立的根本的。

這不消說，體驗的世界是因人而異的。所以文藝的鑑賞，其成立，以讀者和作家兩邊的體驗相近似，又在深，廣，大，高，兩邊都相類似爲唯一最大的要件。換了話說，就是兩者的生活內容，在質底和量底都愈近似，那作品便完全被領會，在相反的時候，鑑賞即全不成立。

大藝術家所有的生活內容，包含着的東西非常大，也非常廣泛。科爾律支（S. T. Coleridge）的評沙士比亞，說是 "our myriad-minded Shakespeare" 的緣故就在此。以時代言，是三百年前的伊利沙伯朝的作家，以地方言，是遼遠的英吉利這一個外國人的著作，然而他的作品裏，却包含着超越了時間處所的區別，風動百世之人聲聞千里之外的東西。譬如即以他所描寫的女性而論，如藉里德（Juliet），如烏斐理亞(Ophelia)，如波爾謫亞(Portia)，如羅賽林特(Rosalind)，如克來阿派忒拉(Cleopatra)這些女人，比起勖里檀(R. B. Sheridan)所寫的十八世紀式的女人，或者見于迭更斯(Ch. Dickens)薩凱來(W. M. Thackeray)的小說裏的女人來，遠是近代式的「新派」。般瓊生(Ben Jonson)讚美他說，"He was not of an age but for all time." 眞的，如果能如沙士比亞似的營那自由的大的創造創作的生活，那可以說，這竟已到了和天地自然之創造者的神相近的境地了。這一句話，在或一程度上，瞿提和但丁那里也安得上。

但在非常超軼的特異的天才，則其人的生活內容，往往竟和同時代的人們全然離絕，進向遙遠的前面去。生在十八世紀的勃來克(W. Blake)的神祕思想，從那詩集出來以後，幾乎隔了一世紀，待到前世紀末歐洲的思想界出現了神祕象徵主義的潮流，這纔在人心上喚起反響。初期的勃朗寧或斯溫班(A. Ch. Swinburne)絕不爲世間所知，當時的聲望且不及衆小詩人者，就因爲已經進步到和那同時代的人們的生活內容，早沒有可以共通共感的什麼了的緣故。就因爲超過那所謂時代意織者己至十年，二十年；不，如勃來克似的，且至一百年模樣而前進了的緣故。就因爲早被那當時的人們還未在內底生活上感到的「生的苦痛」所煩惱，早己做着來世的夢了的緣故。

只要有共同的體驗，則雖是很遠的瑙威國的伊孛生的著作，因爲同是從近代生活的經驗而來的出產，所以在我們的心底裏也有反響。幾千年前的希臘人荷馬（Homeros）所寫的託羅亞的戰爭和海倫（Hellen）亞契來斯（Achilles）的故事，因爲其中有着共通的人情，所以雖是二十世紀的日本人讀了，也仍然爲他所動。但倘要鑒賞那時代和處所太不同了的藝術品，則須有若干準備，如靠着旅行和學問等類的力，調查作者的環境閱歷，那時代的風俗習慣等，以補讀者自己的體驗的不足的部分；或者仗着自己的努力，即使只有幾分，也須能够生在那一時代的雰氣圍中纔好。所以在並不這樣特別努力，例如向不做研究這類的事的人們，較之讀荷馬但了 即使比那些更不如，也還是近代作家的作品有趣；而且，即在近代，較之讀外國的，也還是本國作家的作品有興味者，那理由就在此。又在比較多數的人們，凡描寫些共通的膚淺平凡的經驗的作家　，卻比能够表出高遠複雜的冥想底的深的經驗來的作家，更能打動多數的讀者，也即原于這理由。朗斐羅（H. W. Longfellow）和朋士（R. Burns）的詩歌，比起勃朗寧和勃來克的來，讀的人更其多，被稱爲淺俗的白樂天的作品，較之氣韻高邁的高青邱等的尤爲 appeal 于多數者的原因，也在這一點。

所謂彌耳敦爲男性所讀，但丁爲女性所好；所謂青年而讀斐倫，中年而讀渥特渥思（W. Wordsworth）；又所謂童話，武勇譚，冒險小說之類，多只爲幼年少年所愛好，不惹大人的感興等，這就全都由于內生活的體驗之差。這也因年齡，因性而異；也因國土，因人種而異。在毫沒有見過日本的櫻花的經驗的西洋人，即使讀了詠櫻花的日本詩人的名歌，較之我們從歌詠上得來的詩興，怕連十分之一也得不到罷。在未嘗見雪的熱帶國的人，雪歌怕不過是感興很少的索然的文字罷。體驗的內容既然不同，在那里所寫的或櫻或雪這一種象徵，即全失了足以喚起那潛伏在鑒賞者的內生命圈的深處的感情和思想和情調的刺激底暗示性，或則成了甚為微弱的東西。沙士比亞確是一個大作家。然而並無沙士比亞似的羅曼底的生活內容的十八世紀以前的英國批評家，却絕不顧及他的作品。即在近代也一樣，託爾斯泰和蕭因為毫無羅曼底的體驗的世界．所以攻擊沙士比亞；而正相反，如羅曼底的默退林克（M. Maeterlinck），則雖然時代和國土都遠不相同，却很動心于沙士比亞的戲曲。

二　自己發見的歡喜

到這里，我還得稍稍補訂自己的用語。我在先使用了「體驗」「生活內容」「經驗」這些名詞，但在生命既然有普遍性，則廣義上的生命這東西，當然能够立地搆成讀者和作者之間的共通共感性。譬如生命的最顯著的特徵之一的律動(rhythm)，無論怎樣，總有從一人傳到別人的性質。一面彈鋼琴，只要不是聾子，聽的人們也就在不知不識之間，聽了那音而手舞足蹈起來。即使不現於動作，也在心裏舞蹈。即因爲叩擊鋼琴的鍵盤的音，有着刺激底暗示性，能打動聽者的生命的中心，在那里喚起新的振動的緣故。就是生命這東西的共鳴，的共感。

這樣子，讀者和作家的心境帖然無間的地方，有着生命的共鳴共感的時候，於是藝術的鑒賞即成立。所以讀者看客聽衆從作家所得的東西，和對於別的科學以及歷史家哲學家等的所說之處不同，乃是並非得到知識。是由了象徵，即現於作品上的事象的刺激力，發見他自已的生活內容。藝術鑒賞的三昧境和法悅，即不外乎這自已發見的歡喜。就是讀者也在自已的心的深處，發見了和作者借了稱爲象徵這一種刺激性暗示性的媒介物所表現出來的自已的內生活相共鳴的東西了的歡喜。正如睡魔襲來的時候，我用我這手擰自已的膝，發見自已是活着一般，人和文藝作品相接，而感到自已是在活着。詳細地說，就是讀者自已發現了自已的無意識心理——在精神分析學派的人們所說的意義上——的蘊藏；是在詩人和藝術家所掛的鏡中，看見了自己的魂靈的姿態。因爲有這鏡，人們纔能夠看見自己的生活內容的各式各樣；同時也得了最好的機會，使自已的生活內容更深，更大，更豐。

所描寫的事象，不過是象徵，是夢的外形。因了這象徵的刺激，讀者和作家兩邊的無意識心理的內容——即夢的潛在內容——這纔相共鳴相共感。從文藝作品裏滲出來的實感味就在這里。夢的潛在內容，不是上文也曾說過，即是人生的苦悶，即是世界苦惱麽？

所以文藝作品所給與者，不是知識（information）而是喚起作用(evocation)。刺激了讀者，使他自已喚起自已體驗的內容來。讀者的受了這刺激而自行燃燒，即無非也是一種創作。倘說作家用象徵來表現了自已的生命，則讀者就憑了這象徵，也在自已的胸中創作着。倘說作家這一面做着產出底創作(productive creation)，則讀者就將這收納，而自已又做共鳴底創作（responsive creation）。有了這二重的創作，纔成文藝的鑒賞。

因爲這樣，所以能够享受那免去壓抑的絕對自由的創造生活者，不但是作家。單是爲「人」而活着的別的幾千萬幾億萬的常人，也可以由作品的鑒賞，完全地嘗到和作家一樣的創造生活的境地。從這一點上說，則作家和讀者之差，不過是自行將這象徵化而表現出來和並不如是這一個分別。換了話說，就是文藝家做那憑着表現的創作，而讀者則做憑着喚起的創作。我們讀者正在鑒賞大詩篇大戲曲時候的心狀，和旁觀着別人的舞蹈唱歌時候，我們自已雖然不歌舞，但心中却也舞着，也唱着，是全然一樣的。這時候，已經不是別人的舞和歌，是我們自己的舞和歌了。賞味詩歌的時候，我們自己也就已經是詩人，是歌人了。因爲是度着和作家一樣的創造創作的生活，而被拉進在脫却了壓抑作用的那夢幻幻覺的境地裏。做了拉進這一點暗示作用的東西就是象徵。

就鑒賞也是一種創作而言，則其中又以個性的作用爲根柢的事，那自然是不消說。就是從同一的作品得來的銘感和印象，又因各人而不同。換了話說：也就是經了一個象徵，從這所得的思想感情心氣等，都因鑒賞者自己的個性和體驗和生活內容，而在各人之間，有着差別。將批評當作一種創作，當作創造底解釋（creative interpretation)的印象批評，就站在這見地上。對於這一點，法國的勃廉諦爾的客觀批評說和法蘭斯(A. France)的印象批評說之間所生的爭論，是在近代的藝術批評史上劃出一個新時期的。勃廉諦爾原是同泰納(H. A. Taine)和聖蒲孚(Ch. A. Sainte-Beuve)一樣，站在科學底批評的見地上，抱着傳統主義的思想的人，所以就將批評的標準放在客觀底法則上，毫不顧及個性的尊嚴。法蘭斯却正相反，和盧美忒爾(M. J. Lemaitre)以及沛得等，都說批評是經了作品而看見自己的事，偏着重於批評家的主觀的印象。儘量地承認了鑒賞者的個性和創造性，還至於說出批評是「在傑作中的自己的精神的冒險」的話來。至於盧美忒爾，則更其極端地排斥批評的客觀底標準，單置重於鑒賞的主觀，將自我(Moi)作爲批評的根柢；沛得也在他的論集文藝復興（Renaissance）的序文上，說批評是自己從作品得來的印象的解剖。

勃廉諦爾一派的客觀批評說，在今日已是科學萬能思想時代的遺物，陳舊了。從無論什麼都着重於個性和創造性的現在的思想傾向而言，我們至少在文藝上，也不得不和法蘭斯盧美忒爾等的主觀說一致。我以爲淮爾特(Oscar Wilde)說「最高的批評比創作更其創作底」(The highest criticism is more creative than creation)（一）的意思，也就在這里。

註（一） 參照 Wilde 的論集意向 (Intentions) 中的爲藝術家的批評家。

說話不覺進了岐路了；要之因爲作家所描寫的事象是象徵，所以憑了從這象徵所得的銘感，讀者就點火在自己的內底生命上，自行燃燒起來。換句話，就是藉此發見了自己的體驗的內容，得以深味到和創作家一樣的心境。至於作這體驗的內容者，則也必和作家相同，是人間苦，是社會苦。因爲這苦悶，這精神底傷害，在鑒賞者的無意識心理中，也作爲沈滓而伏藏着，所以完全的鑒賞卽生命的共鳴共感卽於是成立。

到這里，我就想起我曾經讀過的波特來爾的散文詩（Petis Poèmes en Prose）裏，有着將我所要說的事，譬喻得很巧的題作窗戶（Les fenêtres）的一篇來：

從一個開着的窗戶外面看進去的人，决不如那看一個關着的窗戶的見得事情多。再沒有東西更深邃，更神祕，更豐富，更陰晦，更眩感，勝於一支蠟燭所照的窗戶了。日光底下所能看見的總是比玻璃窗戶後面所映出的趣味少。在這黑暗或光明的隙孔裏，生命活着，生命夢着，生命苦着。

在波浪似的房頂那邊，我望見一個已有皺紋的，窮苦的，中年的婦人，常常低頭做些什麼，並且永不出門。從她的面貌，從她的服裝，從她的動作，從幾乎無一，我纂出這個婦人的歷史，或者說是她的故事，還有時我哭着給我自己述說牠。

倘若這是個窮苦的老頭子，我也能一樣容易地纂出他的故事來。

於是我躺下，滿足于我自巳巳經在旁人的生命裏活過了，苦過了。

恐怕你要對我說：「你確信這故事是眞的麼？」在我以外的事實，無論如何又有什麼關係呢，只要牠帮助了我生活，感到我存在和我是怎樣？

燭光照着的關閉的窗是作品。曾見了在那裏面的女人的模樣，讀者就在自巳的心裏做出創作來。其實是由了那窗，那女人而發見了自巳；在自巳以外的別人裏，自己生活着，煩惱着；並且對於自己的存在和生活，得以感得，深味。所謂鑒賞者，就是在他之中發見我，我之中看見他。

三　悲劇的凈化作用

我講一講悲劇的快感，作爲以上諸說的最適切的例證罷。人們的哭，是苦痛。但是特意出了錢，去看悲哀的戲劇，流些眼淚，何以又得到快感呢？關於這問題，古來就有不少的學說　我相信將亞里士多德（Aristoteles）在詩學（Feri Poietikes）裏所說的那有名的凈化作用（katharsis）之說，下文似的來解釋，是最爲妥當的。

據亞里士多德的詩學上的話，則所謂悲劇者，乃是催起「憐」(pity)和「怕」(fear)這兩種感情的東西。看客憑了戲劇這一個媒介物而哭泣，因此洗淨他鬱積糾結在自己心裏的悲痛的感情，這就是悲劇所給與的快感的基礎。先前緊張着的精神的狀態，因流淚而和緩下來的時候，就生出悲劇的快感來。使潛伏在自已的內生活的深處的那精神底傷害即生的苦悶，憑着戲臺上的悲劇這一個媒介物，發露到意識的表面去。正與上文所說，醫治歇斯迭里病人的時候，尋出那沈在無意識心理的底裏的精神底傷害來，使他儘量地表現，講說，將在無意識界的東西，移到意識界去的這一個療法，是全然一樣的。精神分析學者稱這爲談話治療法，但由我看來，畢竟就是淨化作用，和悲劇的快感的時候完全相同。平日受着壓抑作用，糾結在心裏的苦悶的感情，到了態度絕對自由的創造生活的瞬間，即藝術鑒賞的瞬間，便被解放而出於意識的表面。古來就說，藝術給人生以慰安，固然不過是一種俗說，但要而言之，即可以當作就指這從壓抑得了解放的心境看的。

假如一個冷酷無情的重利盤剝的老人一流的東西，在戲場看見母子生離的一段，暗暗地淌下眼淚來。我們在旁邊見了就納罕，以爲搜尋了那冷血東西的腔子裏的什麼所在，會有了那樣的眼淚了？然而那是，平日算計着利息，成爲財迷的時候，那感情是始終受着壓抑作用的，待到因了戲劇這一個象徵的刺激性，這纔被從無意識心理的底裏喚出；那淌下的就無非是這感情的一滴淚。雖說是重利盤剝者，然而也是人。既然是人，就有人類的普遍的生活內容，不過平日爲那貪心，受着壓抑罷了。他流下淚來得了快感的剎那的心境，就是入了藝術鑒賞的三昧境，而在戲臺中看見自已，在自己中看見戲臺的歡喜。

文藝又因了象徵的暗示性刺激性，將讀者巧妙地引到一種催眠狀態，使進幻想幻覺的境地；誘到夢的世界，純粹創造的絕對境裏，由此使讀者看客自己意識到自己的生活內容。倘讀者的心的底裏並無苦悶，這夢，這幻覺即不成立。

倘說，既說苦悶，則說苦悶潛藏在無意識中即不合理，那可不過是詭師或是論理底游戲者的口吻能了。永格等之所謂無意識者，其實却是絕大的意識，也是宇宙人生的大生命。譬如我們拘守着小我的時候，纔有「我」這一個意識，但如達了和宇宙天地渾融冥合的大我之域，也即入了無我的境界。無意識和這正相同。我們眞是生活在大生命的洪流中時，即不意識到這生命，也正如我們在空氣中而並不意識到空氣一樣。又像因了給空氣以一些什麼刺激動搖，我們纔感到空氣一般，我們也須受了藝術作品的象徵的刺激，這纔深深地意識到自已的內生命。由此使自已的生命感更其强，生活內容更豐富。這也就觸着無限的大生命，達於自然和人類的眞實，而接觸其核仁。

四　有限中的無限

如上文也曾說過，作爲個性的根柢的那生命，即是遍在於全實在全宇宙的永遠的大生命的洪流。所以在個性的別一半面，總該有普遍性，有共通性。用譬喩說，則正如一株樹的花和實和葉等，每一朵每一粒每一片，都各各儘量地保有個性，帶着存在的意義。每朵花每片葉，各各經過獨自的存在，這一完，就凋落了。但因爲這都是根本的那一株樹的生命，成爲個性而出現的東西，所以在每一片葉，或每一朵花，每一粒實，無不各有共通普遍的生命。一切的藝術底鑒賞即共鳴共感，就以這普遍性共通性永久性作爲基礎而成立的。比利時的詩人望萊培格(Charles Van Lerberghe)的詩歌中，曾有下面似的詠歎這事的句子：

Ne Suis-Je Vous……

Ne suis-je vous, n'êtes-vous moi,
O choses que de mes deigts
Je touche, et de la lumière
De mes yeux èblouis?
Fleurs où je respire, soleil où je luis,

Ame qui penses
Qui peut me dire où je finis,
Où je commence?
Ah! que mon coeur infiniment
Partout se retrouve! Que votre séve
C'est mon sang!
Comme un beau fleuve,
En toutes choses la même vie coule,
Et nous rêvons le même réve (*La Chanson de Eve.*)

我不是你們麼……

阿，我的晶瑩的眼的光輝
和我的指尖所觸的東西呵，

我不是你們麼？
你們不是我麼？
我所齅的花呵，照我的太陽呵，
沈思的靈魂呵，
誰能告訴我，我在那里完，
我從那里起呢？
唉！我的心覺出到處
是怎樣的無盡呵！
覺得你們的漿液就是我的血！
同一的生命在所有一切裏，
像一條美的河流似的流着，
我們都是做着一樣的夢。
（夏娃之歌。）

因為在個性的半面裏，又有生命的普遍性，所以能「我們都是做着一樣的夢」，聖弗蘭希斯(St. Francis)的對動物說教，佛家以為狗子有佛性，都就因為認得了生命的普遍性的緣故罷。所以不但是在讀者和作品之間的生命的共感，即對於一切萬象，也處以這樣的享樂底鑒賞底態度的事，就是我們的藝術生活。待到進了從日常生活上的道理　法則，利害，道德等等的壓抑完全解放出來了的「夢」的境地，以自由的純粹創造的生活態度，和一切萬象相對的時候，我們這纔能够眞切地深味到自己的生命，而同時又傾耳於宇宙的大生命的鼓動。這並非如湖上的溜冰似的，毫不觸着內部的深的水，却只在表面外面滑過去的俗物生活。待到在自我的根柢中的眞生命和宇宙的大生命相交感，眞的藝術鑒賞乃於是成立。這就是不單是認識事象，乃是將一切收納在自已的體驗中而深味之。這時所得的東西，則非 knowledge 而是 wisdom，非 fact 而是 truth，而又在有限 (finite) 中見無限 (infinite)，在「物」中見「心」。這就是自己活在對象之中，也就是在對象中發見自己。列普斯(Th. Lipps)一派的美學者們以爲美感的根柢的那感情移入(Einfühlung)的學說，也無非即指這心境。這就是讀者和作家都一樣地所度的創造生活的境地。我曾經將這事廣泛地當作人類生活的問題，在別一小著裏說過了。(一)

註(一)　描著出了象牙之塔中觀賞享樂的生活參照。

五　文藝鑒賞的四階段

現在約略地立了秩序，將文藝賞鑒者的心理過程分解起來，我以爲可以分作下面那樣的四階段：

第一　理知的作用

有如懂得文句的意義，或者追隨內容的事迹，有着興會之類，都是第一階段。這時候爲作用之主的，是理知(intellect)的作用。然而單是這一點，還不成爲眞爲藝術的這文藝。此外歷史和科學底的敍述，無論甚麼，凡是一切用言語來表見的東西，先得用理知的力來索解，是不消說得的。但是在稱爲文學作品的之中，專以，或者概以僅訴於理知的興味爲事的種類的東西也很多。許多的通俗的淺薄的，而且總不能觸着我們內生命這一類的低級文學，大抵僅訴於讀者的理知的作用。例如單以追隨事迹的興味爲目的而作的偵探小說，冒險譚，講談，下等的電影劇，報紙上的通俗小說之類，大概只要給滿足了理知底好奇心（intellectual curiosity）就算完事。用了所謂「不知後事如何且聽下回分解」這好奇心，將讀者絆住。還有以對於所描寫的事象的興味爲主的東西，也屬於這一類。德國的學子稱爲「材料興味」（Stoffinteresse）者，就是這個。或者描寫讀者所見所聞的人物案件，或者揭穿黑幕；還有例如中村吉藏氏的劇本井伊大老之死，因爲水戶浪士的事件，報紙的社會欄上很熱鬧，於是許多人從這事的興味 便去讀這書，看這戲：這就是感着和著作中的事象有關係的興味的。

對於眞是藝術品的文學作品，低級的讀者也動輒不再向這第一階段以上前進。無論讀了什麼小說，看了什麼戲，單在事迹上有興味，或者專注於穿鑿文句的意義的人們非常多。井伊大老之死的作者，自然是作爲藝術品而寫了這戲曲的，但世間一般的俗衆，却單在內容的事件上牽了注意去了。所以即使是怎樣出色的作品，也常常因讀者的種類如何，而被抹殺其藝術底價値。

第二　感覺的作用

在五感之中，文學上尤其多的是訴於音樂色采之類的聽覺和視覺。也有像那稱爲英詩中最是官能底（sensuous）的吉茲（John Keats）的作品一樣，想要刺激味覺和嗅覺的。又如神經的感性異常銳敏了的近代的頹唐（Decadence）的詩人，即和波特來爾等屬於同一系的諸詩人。則尙以單是視覺聽覺——色和音——爲不足，至有想要訴於不快的嗅覺的作品。然而這不如說是異常的例。在古今東西的文學中，最主要的感覺底要素，那不待言，是訴於耳的音

Ch. Baudelaire: Selbstportrat.
(Im Haschischrausch)

樂底要素。

在詩歌上的律脚(Meter)，平仄，押韻之類，固然是最爲重要的東西，然而詩人的聲調，大抵占着作爲藝術品的非常緊要的地位。大約凡抒情詩，即多置重於這音樂底要素。例如亞倫坡(Adgar Allan Poe)的鐘(Bells)，科爾律支說是夢中成詠，自己且不知道什麼時候寫出的忽必烈可汗(Kubla Khan)等，都是詩句的意義——即上文所說的訴於理知的分子——幾乎全沒有，而以純一的言語的音樂，爲作品的生命。又如法蘭西近代的象徵派詩人，則於此更加意，其中竟有單將美人的名字列舉至五十多行，即以此做成詩的音樂的。(一)

註(一) Catulle Mandès, Récapitulation. 1892.

也如日本的三絃和琴，極爲簡單一樣，因爲日本人的對於樂聲的耳的感覺，沒有發達的緣故罷，日本的詩歌，是欠缺着在嚴密的意義上的押韻的，

——即使也有若干的例外。然而無論是韻文，是散文，如果這是藝術品，即無不以聲調之美爲要素。例如：

ほと、ぎす東雲どきの亂聲に
湖水は白き波たつらしも（與謝野夫人）

Hototogis Shinonome-Doki no Ranjyo ni,
Kosui wa, hiroki Nami tatsu rashi mo.

杜鵑黎明時候的亂聲裏，
湖水是生了素波似的呀。

的一首，耳中所受的感得，已經有着得了音樂底調和的聲調之美，這就是作爲敘景詩而成功了的原因。

第三　感覺底的心像

這並非立即訴於感覺本身，乃是訴於想像底作用，或者喚起感覺底的心像來。就是經過了第一的理知，第二的感覺等作用，到這里纔使姿態，景況，音響等，都在心中活躍，在眼前彷彿。現在爲便宜起見，即以俳句爲例，則如：

魚鱗滿地的魚市之後呵，夏天時候。　　子規

白天的魚市散了之後，市場完全靜寂。而在往來的人影也顯得蕭閒的路上，處處散着銀似的白色的鱗片，留下白晝的餘痕。當這銀鱗閃爍地被日光映着的夏天向晚，緩緩地散策時候的情景，都浮在讀者的眼前了。單是這一點，這十七字詩之爲藝術品，就儼然地成功着。又如：

五月雨裏，遮不住的呀，瀨田的橋。　　芭蕉

近江八景之一，瀨田的唐橋，當梅雨時節，在煙霧糢糊中，漆黑地分明看見。是暗示着墨畫山水似的趣致的。尤其是使第一第二兩句的調子都恍忽，到第三句「瀨田的橋」纔見斤兩的這一句的聲調，就巧妙地帮襯着這暗示

力。就是第二的感覺的作用，對於這俳句的鑒賞有着重大的帮助，心像和聲調完全和諧，是常爲必要條件之一的。

然而以上的理知作用，感覺作用和感覺底心像，大概從作品的技巧底方面、得來，單是這些，不過能動意識的世界的比較底表面底的部分。換了話說，就是以上還屬于象徵的外形，只能造成在讀者心中所架起的幻想夢幻的顯在內容即夢的外形；並沒有超出道理和物質和感覺的世界去。必須超出了那些，更加深邃地肉薄突進到讀者心中深處的無意識心理，那刺激底暗示力觸着了生命的內容的時候，在那里喚起共鳴共感來，而文藝的鑒賞這纔成立。這就是說打動讀者的情緒，思想，精神，心氣的意思，這是作品鑒賞的最後的過程。

第四　情緒，思想，精神，心氣。

到這里，作者的無意識心理的內容，這纔傳到讀者那邊，在心的深處的琴絃上喚起反響來，於是暗示遂達了最後的目的。經作品而顯現的作家的人生觀，社會觀，自然觀，或者宗教信念，進了這第四階段，乃觸着讀者的體驗的世界。

因為這第四者的內容，包含着在人類有意義的一切東西，所以正如人類生命的內容的複雜似的，也複雜而且各樣。要並無餘蘊地來說完他，是我們所不能企及的。那美學家所說的美底感情——即視鑒賞者心中的琴絃上所被喚起的震動的強弱大小之差，將這分為崇高（subrime）和優美（beautiful），或者從質的變化上着眼，將這分為悲壯（tragic）和詼諧（humour），並加以議論，就不過是想將這第四的階段分解而說明之的一種嘗試。

凡在為藝術的文學作品的鑒賞，我相信必有以上似的四階段。但這四階段，也因作品的性質，而生輕重之差。例如在散文小說，尤其是客觀底描寫的自然派小說，或者純粹的敘景詩——即如上面引過的和歌俳句似的——等，則第三為止的階段很着重。在抒情詩，尤其是在近代象徵派的作品，則第一和第三很輕，而第二的感覺底作用立即喚起第四的情緒主觀的震動(vibration)。在伊孛生一流的社會劇問題劇思想劇之類，則第二的作用却輕。英吉利的蕭，法蘭西的勃里歐(E.Brieux)的戲曲，則並不十足地在讀者看客的心裏，喚起第三的感覺底心像來，而就想極刻露極直截地單將第四的思想傳達，所以以純藝術品而論，有時竟成了不很完全的一種宣傳(Propaganda)。又如羅曼派的作品，訴於第一的理知作用者最少；反之，如古典派，如自然派，則打動讀者理知的事最大。

便是對於同一的作品，也因了各個讀者，這四階段間生出輕重之差。既有如上文說過那樣的低級的讀者和看客對於戲曲小說似的，專注於第一的理知作用，單想看些事迹者；也有只使第二第三來作用，竟不很留意於藏在作品背後的思想和人生觀的。凡這些人，都不能說是完全地鑒賞了作品。

六　共鳴底創作

我到這里，有將先前說過的創作家的心理過程和讀者的來比較一回的必要。就是詩人和作家的產出底表現底創作，和讀者那邊的共鳴底創作——鑒賞，那心理狀態的經過，是取着正相反的次序的。從作家心裏的無意識心理的底裏湧出來的東西，再憑了想象作用，成爲或一個心像，這又經感覺和理知的構成作用，具了象徵的外形而表現出來的，就是文藝作品。但在鑒賞者這一面，却先憑了理知和感覺的作用，將作品中的人物事象等，收納在讀者的心中，作爲一個心像。這心像的刺激底暗示性又深邃地鑽入讀者的無意識心理的底裏，就在上文說過的第四的思想情緒心氣等無意識心理的底裏所藏的生命之火上，點起火來。所以前者是發源于根本即生命的核仁，而成了花成了實的東西；後者這一面，則從爲花爲實的作品，以理知感覺的作用，先在自已的腦裏浮出一個心像來，又由這達到在根本處的無意識心理即自已生命的內容去。將這用圖來顯示則如下：

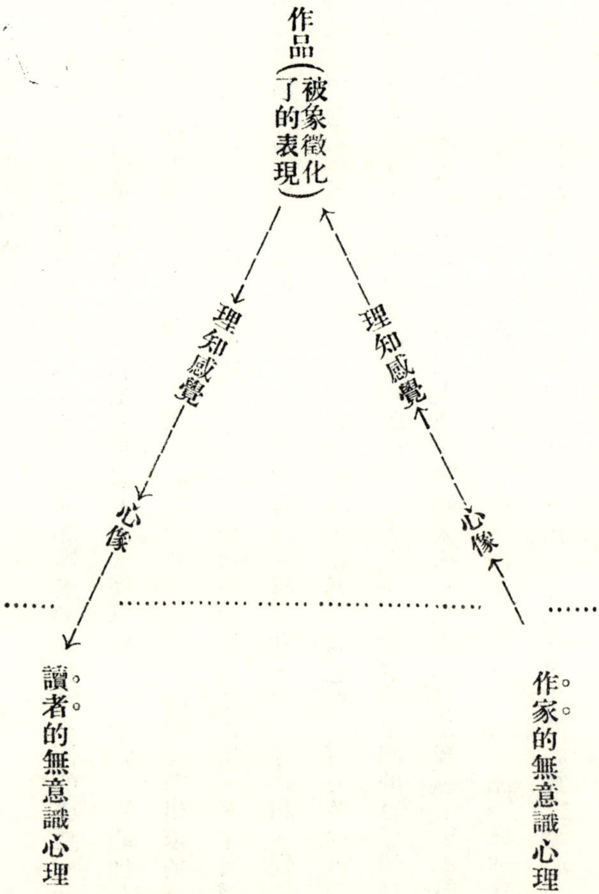
作品（被象徵化了的表現）
理知感覺
心像
理知感覺
心像
讀者的無意識心理
作家的無意識心理

作家的心底經路，所以是綜合底，也是能動底，讀者的是分解底，也是受動底。將上面所說的鑒賞心理的四階段顛倒轉來，看作從第四起，向着第一那方面進行，這就成了創作家的心理過程。換了話說，就是從生命的內容突出，向意識心理的表面出去的是作家的產出底創作；從意識心理的表面進去，向生命的內容突入的是共鳴底創作即鑒賞。所以作家和讀者兩方面，只要帖然無間地反復了這一點同一的心底過程，作品的全鑒賞就成立。

托爾斯泰在藝術論（英譯 What is Art?）裏，排斥那單以美和快感之類來說明藝術本質的古來的諸說，定下了這樣的斷案：

一個人先在他自身裏，喚起曾經經驗過的感情來，在他自身裏既經喚起，便用諸動作，諸線，諸色，諸聲音，或諸以言語表出的形象，這樣的來傳這感情，使別人可以經驗這同一的感情——這是藝術的活動。

藝術是人類活動，其中所包括的是一個人用了或一種外底記號，將他曾經體驗過的種種感情，意識底地傳給別人，而且別人被這些感情所動，也來經驗他們。

託爾斯泰的這一說，固然是就藝術全體立言的。但倘若單就文學着想，而且更深更細地分析起來，則在結論上，和我上來所說的大概一致。

到這里，上文說過的印象批評的意義，也就自然明白了罷。即文藝既然到底是個性的表現，則單用客觀底的理知底法則來批判，是沒有意味的。批評的根柢，也如創作的一樣，在讀者的無意識心理的內容，已不消說。即須能過了理知和感覺的作用，更其深邃地到達了自已的無意識心理，將在這無意識界裏的東西喚起，到了意識界，而作品的批評這纔成立。即作家那一面，因爲原從無意識心理那邊出來，所以對於自已的心底經路，並不分明地意識着。而批評家這一面却相反，是因了作品，將自已的無意識界裏所有的東西——例如看悲劇時的淚——重新喚起，移到意識界的，所以能將那意識——即印象——儘量地分解，解剖。亞諾德（Matthew

Arnold）曾經說，以文藝爲「人生的批評」(a criticism of life)。但是文藝批評者，總須是批評家由了或一種作品，又說出批評家自己的「人生的批評」的東西。

第三　關于文藝的根本問題的考察

一　爲豫言者的詩人

我相信將以上的所論作爲基礎，實際地應用起來，便可以解決一般文藝上的根本問題。現在要避去在這里一一列擧許多問題之煩，單取了文學研究者至今還以爲疑問的幾個問題，來顯示我那所說的應用的實例，其餘的便任憑讀者自己的考察和批判去。本章所說的事，可以當作全是從以上說過的我那創作論和批評論當然引申出來的系論(corollary)看，也可以當作註疏看的。

文藝者，是生命力以絕對的自由而被表現的唯一的時候。因爲要跳進更高更大更深的生活去的那創造的慾求，不受什麼壓抑拘束地而被表現着，所以總暗示着偉大的未來。因爲自過去以至現在繼續不斷的生命之流，惟獨在文藝作品上，能施展在別處所得不到的自由的飛躍，所以能够比人類的別樣活動——這都從周圍受着各種的壓抑——更其突出向前，至十步，至二十步，而行所謂「精神底冒險」(spiritual adventure)。超越了常識和物質，法則，因襲，形式的拘束，在這里常有新的世界被發見，被創造。在政治上經濟上社會上還未出現的事，文藝上的作品裏却早經暗示着，啟示着的緣由，即全在于此。

嘉勒爾(Th. Carlyle)在那英雄崇拜論(On Heroes, Hero-Worship and the Heroic in History)和朋士論(An Essay in Burns)中，曾指出臘丁語的Vates這字，最初是豫言者的意思，後來轉變，也用到詩人這一個意義上去了。詩人云者，是先接了靈感，豫言者似的唱歌的人；也就是傳達神託，將常人所還未感得的事，先行感得，而宣示于一代的民衆的人。是和將神意傳給以色列百姓的古代的豫言者是一樣人物的意思。羅馬人又將這字轉用，也當作教師的意義用了的例子，則尤有很深的興味。詩人——豫言者——教師，這三樣人物，都用 Vates 這一字說出來，于此就可以看見文藝家的偉大的使命了。

文藝上的天才，是飛躍突進的「精神底冒險者」。然而正如一個英雄的事業的後面，有着許多無名的英雄的努力一樣，在大藝術家的背後，也不能否認有其「時代」，有「社會」，有「思潮」。既然文藝是儘量地個性的表現，而其個性的別的半面，又有帶着普遍性的普遍的生命，這生命即遍在于同時代或同社會或同民族的一切的人們，則詩人自已來作爲先驅者而表現出來的東西，可以見一代民心的歸趣，暗示時代精神的所在，也正是當然的結果。在這暗示着更高更大的生活的可能這一點上，則文藝家就該如沛得所說似的，是「文化的先驅者」。

凡在一個時代一個社會，總有這一時代的生命，這一社會的生命，繼續着不斷的流動和變化。這也就是思潮的流，是時代精神的變遷。這是爲時運的大勢所促，隨處發動出來的力。當初幾乎並沒有甚麼整然的形，也不具體系，只是茫漠地不可捉摸的生命力。藝術家之所表現者，就是這生命力，决不是固定了凝結了的思想，也不是概念；自然更不是可稱爲什麼主義之類的性質的東西。即使怎樣地加上壓抑作用，也禁壓抑制不住，不到那要到的處所，便不中止的生命力的具象底表現，是文藝作品。雖然潛伏在一代民衆的心胸的深處，隱藏在那無意識心理的陰影裏，尙只爲不安焦躁之心所催促，而誰也不能將這捕捉住，表現出，藝術家却仗了特異的天才的力，給以表現，加以象徵化而爲「夢」的形狀。趕早地將這把握得，表現出，反映出來的東西，是文藝作品。如果這已經編成一個有體系的思想或觀念，便成爲哲學，爲學說，又如這思想和學說被實現于實行的世界上的時候，則爲政治運動，爲社會運動，軼出藝術的圈外去了。這樣的現象，是過去的文藝史屢次證明的事實，在法蘭西革命前，盧梭(J. J. Rousseau)這些人們的羅曼主義的文學是其先驅；更近的事，則在維多利亞朝的保守底貴族底英國轉化爲現在的民主底社會主義底英國之前，自前世紀末，已有蕭和威爾士的打破因襲的文學起來，比這更早，法蘭西頹唐派的文學也已輸入頑固的英國，近代英國的激變，早經明明白白地現于詩文上面了。看日本的例也如此，賴山陽的純文藝作品日本外史這敍事詩，是明治維新的先驅，日俄戰後所興起的自然主義文學的運動，早就是最近的民治運動和因襲打破社會改造運動的先驅，都是一無可疑的文明史底事實。又就文藝作品而論，則最爲原始底而且簡單的童謠和流行唄之類，是民衆的自然流露的聲音，其能洞達時勢，暗示大勢的潛移默化的事，實不但外國的古代爲然，卽在日本的歷史上，也是屢見的現象。古時，則見于日本紀的謠歌（Wazauta），就是純粹的民謠，豫言國民的吉凶禍福的就不少。到了一直近代，則從德川末年至明治初年之間民族生活動搖時代的流行唄（Hayariuta）之類，是怎樣地痛切的時代生活的批評，豫言，警告，便是現在，不也還在我們的記憶上麼？

美國的一個詩人的句子有云：

First from the people's heart must spring

The passions which he learns to sing,
They are the wind, the harp is he,
To voice their fitful melody.

——B. Taylor, *Amran's Wooing.*

先得從民衆的心裏
跳出他要來唱歌的情熱；
那（情熱）是風，簟篠是他，
響出他們（情熱）的繁變的好音。

——泰洛爾，安蘭的求婚。

情熱，這先萌發于民衆的心的深處，給以表現者，是文藝家。有如將不知所從來的風捕在絃索上，以經線發出殊勝的妙音的 Aeolian lyre（風籟琴）一樣，詩人也捉住了一代民心的動作的機微，而給以藝術底表現。是天才的銳敏的感性（sensibility），趕早地抓住了沒有「在眼裏分明看見」的民衆的無意識心理的內容，將這表現出來。在這樣的意義上，則在十九世紀初期的羅曼底時代，見于雪萊和裴倫的革命思想，乃是一切的近代史的豫言；自此更以後的嘉勒爾，託爾斯泰，伊孛生，默退林克，勃朗寧，也都是新時代的豫言者。

從因襲道德，法則，常識之類的立脚地看來，所以文藝作品也就有見得很横暴不合宜的時候罷。但正在這超越了一切的純一不雜的創造生活的所產這一點上，有着文藝的本質。是從天馬（Pegasus）似的天才的飛躍處，被看出偉大的意義來。

也如豫言者每不爲故國所容一樣，因爲詩人大概是那時代的先驅者，所以被迫害，被冷遇的例非常多。勃來克直到百年以後，纔爲世間所識的例，是最顯著的一個；但如雪萊，如斯溫班，如勃朗寧，又如伊孛生，那些革命底反抗底態度的詩人底豫言者，大抵在他們的前半生，或則將全身世，都送在轗軻不遇之中的例，可更其是不遑枚舉了。如便是孚羅培爾（G. Flaubert），生前也全然不被歡迎的事實，或如樂聖跋格納爾，到得了巴倫王路特惠錫(Ludwig)的知遇爲止，早經過很久的飄零落魄的生涯之類，在今日想起來，幾乎是莫名其妙的事。

古人曾說，「民聲，神聲也。」(Vox populi, vox Dei.) 傳神聲者，代神叫喊者，這是豫言者，是詩人。然而所謂神，所謂 inspiration (靈應) 這些東西，人類以外是不存在的。其實，這無非就是民衆的內部生命的慾求；是潛伏在無意識心理的陰影裏的「生」的要求。是當在經濟生活，勞動生活，社會生活，政治生活等的時候，受着物質主義，利害關係，常識主義，道德主義，因襲法則等類的壓抑束縛的那內部生命的要求——換句話，就是那無意識心理的慾望，發揮出絕對自由的創造性，成爲取了美的夢之形的「詩」，的藝術，而被表現。

因爲稱道無神論而逐出大學，因爲矯激的革命論而失了戀愛，終于淹在司沛企亞的海裏，完結了可憐的三十年短生涯的抒情詩人雪萊，曾有託了怒吹垂歇的西風，披陳遐想的有名的大作，現在試看他那激調罷：

Drive my dead thought over the universe
　Like withered leaves to quicken a new birth!
And, by the incantation of this verse,

Scatter as from an unextinguished hearth
　Ashes and sparks, my words among mankind!
Be through my lips to unawakened earth

The trumpet of a prophecy! O Wind,
　If winter comes, can spring be far behind?

—Shelley, *Ode to the West Wind.*

在宇宙上馳出我的死的思想去，

如乾枯的樹葉，來鼓舞新的誕生！
而且，仗這詩的咒文，
從不滅的火鑪中，（撒出）灰和火星似的，
撒出我那人性上的許多言語！
經過了我的口唇，向不醒的世界
去作豫言的喇叭罷！阿，風呵，
如果冬天到了，春天還會遠麼？

——雪萊，寄西風之歌。

在自從革命詩人——雪萊叫着「向不醒的世界去作豫言的喇叭罷」的這歌出來之後，經了約一百年的今日，波爾雪維主義已使世界戰慄，叫改造求自由的聲音，連地球的兩隅也遍及了。是世界的最大的抒情詩人的他，同時也是大的豫言者的一個。

The Monument to Percy Bysshe Shelley
After the Engraving by G. Stodart, from the group by H. Weekes, A.R.A.
Christchurch Church, Hants.

二　理想主義與現實主義

或人說，文藝的社會底使命有兩方面。其一是那時代和社會的誠實的反映，別一面是對於那未來的豫言底使命。前者大抵是現實主義(realism)的作品，後者是理想主義(idealism)或羅曼主義(romanticism)的作品。但是從我的創作論的立脚地說，則這樣的區別幾乎不足以成問題。文藝只要能够對於那時代那社會儘量地極深地穿掘進去，描寫出來，連潛伏在時代意識社會意識的底的底裏的無意識心理都把握住，則這里自然會暗示着對於未來的要求和慾望。離了現在，未來是不存在的。如果能够描寫現在，深深地徹到核仁，達了常人凡俗的目所不及的深處，這同時也就是對於未來的大的啟示，的豫言。從弗羅特一派的學子爲夢的解釋而設的慾望說象徵說說起來，那想從夢以知未來的夢古(詳夢)，也不能以爲一定不過是癡人的迷妄。正一樣，經了過去現在而夢未來的是文藝。倘眞是突進了現在的生命的中心，在生命本身既有着永久性普遍性，則就該經了過去現在而未來即被暗示出。用譬喻來說，就如名醫診察了人體，眞確地看破了病源，知道了病苦的所在，則對於病的療法和病人的要求，也就自然明白了。說是不知道爲病人的未來計的療法者，畢竟也還是對於病人現在的病狀，錯了診斷的庸醫的緣故。這是從我的在先論那創作，提起左拉的著作那一段(一)，也就明瞭的罷。我想，倘說單寫現實，然而不盡他對於未來的豫言底使命的作品，畢竟是證明這作爲藝術品是並不偉大的，也未必是過分的話。

註(一) 本書創作論第六章後半參照。

三 短篇項鍊

摩泊桑(Guy de Maupassant)的短篇，而且有了傑作之一的定評的東西之中，有一篇項鍊(La parure)。事情是極簡單的——

一個小官的夫人，爲着要赴夜會，從熟人借了鑽石的項鍊，出去了。當夜，在回家的途中，却將這東西失去。於是不得已，和丈夫商議，借了幾千金，買一個照樣的項鍊去賠償。從此至於十年之久，爲了還債，拚命地節儉，勞作着，所過的全是沒有生趣的長久的時光。待到舊債漸得還清了的時候，詳細查考起來，纔知道先前所借的是假鑽石，不過值到百數元錢罷了。

假使單看夢的外形的這事象，像這小話，實在不過是極無聊的一篇閒話罷。統詩歌戲曲小說一切，所以有着藝術底創作的價値的東西，並不在乎所描寫的事象是怎樣。無論這是虛造，是事實，是作家的直接經驗，或間接經驗，是複雜，是簡單，是現實底，是夢幻底，從文藝的本質說，都不是問題。可以成爲問題的，是在這作爲象徵，有着多少刺激底暗示力這一點。作者取這事象做材料，怎樣使用，以創造了那夢？作者的無意識心理的底裏，究竟潛藏着怎樣的東西？這幾點，纔正是我們應當首先着眼的處所。這項鍊的故事，𡡉泊桑是從別人聽來，或由想像造出，或採了直接經驗，這些都且作爲第二的問題；這作家的給與這描寫以可驚的現實性，巧妙地將讀者引進幻覺的境地，暗示出那剎那生命現象之「眞」的這伎倆，就先使我們敬服。將人生的極冷嘲底(ironical)的悲劇底的狀態，毫不墮入概念底哲理，暗示我們，使我們直感底地，正是地，活現地受納進去，和生命現象之「眞」相觸，給我們寫得可以達到上文說過的鑒賞的第四階段的那出色的本領，就足以驚人了。這個閒話，畢竟不過是當作暗示的傢伙用的象徵。沙士比亞在那三十七篇戲曲裏，是將胡說八道的歷史譚，古話，婦女子的胡謅，報紙上社會欄的記事似的叢談作爲材料，而縱橫無盡地營了他的創造創作的生活的。

但靡泊桑倘若在最先，就想將那可以稱爲「人生的冷嘲(irony)」這一個抽象底概念，意識地表現出，于是寫了這項鍊，則以藝術品而論，這便簡單得多，而且墮入低級的諷喩(allegory)式一類裏，更不能顯出那麼强有力的現實性，實感味來，因此在作爲「生命的表現」這一點上，一定是失敗的了。怕未必能够使那可憐的官吏的夫婦兩個，活現地，各式各樣地在我們的眼前活躍了罷。正因爲在摩泊桑無意識心理中的苦悶，夢似的受了象徵化，這一篇頂鍊纔能成爲出色的活的藝術品，而將生命的震動，傳到讀者的心中，並且誘引讀者，使他也做一樣的悲痛的夢。

有些小說家，似乎竟以爲倘不是自己的直接經驗，便不能作爲藝術品的材料。胡塗之至的謬見而已。設使如此，則爲要描寫竊賊，作家便該自己去做賊，爲要描寫害命，作家便該親手去殺人了。像沙士比亞那樣，從王侯到細民，從弑逆，從戀愛，從見鬼，從戰爭，從重利盤剝者，從什麼到什麼，都曾描寫了的人，如果一一都用自已的直接經驗來做去，則人生五十年不消說，即使活到一百年一千年，也不是做得到的事。倘有描寫了姦情的作家，能說那小說家是一定自己犯了姦的麼？只要描出的事象，儼然成功了一個象徵，只要雖是間接經驗，却也如直接經驗一般描寫着，只要雖是嚮壁虛造的杜撰，却也並不像嚮壁虛造的杜撰一般描寫着，則這作品就有偉大的藝術底價值。因爲文藝者，和夢一樣，是取象徵底表現法的。

關于直接經驗的事，想起一些話來了。一向道心堅固地修行下來，度着極端的禁慾生活的一個和尚，卻詠着儼然的戀的歌。見了這個，疑心于這和尚的私行的人們很不少。雖然和尚，也是人的兒。即使直接經驗上沒有戀愛過，但在他的體驗的世界裏，也會有美人，有戀愛；尤其是在性慾上加了壓抑作用的精神底傷害，自然有着的罷。我想，我們將這看作託于稱爲「歌」的一個夢之形而出現，是並非無理的。

再一想和尚的戀歌的事，就帶起心理學者所說的二重人格(double personality)和人格分裂這些話來了。就如那司提芬生(R. L. Stevenson)的傑作，有名的小說"Dr. Jekyll and Mr. Hyde"裏面似的，同一人格，而可以看見善人的 Jekyll 和惡人的 Hyde 這兩個精神狀態。這就可以看作我首先說過的兩種力的衝突，受了具象化的。我以爲所謂人的性格上有矛盾，究竟就可以用這人格的分裂，二重人格的方法來作解釋。就是一面雖然有着罪惡性，而平日總被壓抑作用禁在無意識中，不現于意識的表面。然而一旦入了催眠狀態，或者吟詠詩歌這些自由創造的境地的時候，這罪惡性和性底渴望便突然跳到意識的表面，做出和那善人那高僧平日的意識狀態不類的事；或吟出不類的歌來。如佛教上所謂「降魔」，如孚羅培爾的小說聖安敦的誘惑(La Tentation de Saint Antoine)那樣的時候，大約也就是精神底傷害的苦悶，從無意識跳上意識來的精神狀態的具象化。還有，平素極為沈悶的憎人底(misanthropic)的人們裏，滑稽作家却多，例如夏目漱石氏那樣正經的陰鬱的人，却是做哥兒（坊チャン）和咱們是貓（吾輩ハ貓デアル）的 humorist，如斯惠夫德(J. Swift)那樣的人，却做桶的故事(Tale of a Tub)，又如據最近的研究，諸談作者十返舍一九，是一個極其沈悶的人物。凡這些，我相信也都可以用這人格分裂說來解釋。這豈不是因為平素受着壓抑，潛伏在無意識的圈內的東西，只在純粹創造的那文藝創作的時候，跳到表面，和自己意識聯結了的緣故麼？精神分析學派的人們中間，也有幷用這來解釋 cynicism（嘲弄）之類的學者。

將藝術創作的時候，用比喻來說，就和酒醉時相同。血氣方剛的店員在公司或銀行的辦公室裏，對着買辦和分行長總是低頭。這是因爲連那利害攸關的年底的花紅也會有影響；所以自己加着壓抑作用的。然而在宴席上，往往向老買辦或課長有所放肆者，是酩酊的結果，利害關係和善惡批判的壓抑作用都已除去，所以現出那眞生命猛然躍出的狀態來。至于到了明天，去到買辦那里，從邊門向太太告罪，拜託成全的時候，那是壓抑作用又來加了蓋子，塞了塞子，所以變成和前夜似像非像的別一人了。羅馬人曾說，「酒中有眞。」(In vino veritas)正如酩酊時候一樣，藝術家當創作之際，則表現着純眞，最不虛假的自我。和供奉政府的報館主筆做着論說時候的心理狀態，是正相反對的。

四 白日的夢

自古以來，屢屢說過詩人和藝術家等的 inspiration 的事。譯起來，可以說是

「神來的靈興」罷，並非這樣的東西會從天外飛下，這畢竟還是對于從作家自身的無意識心理的底裏湧出來的生命的跳躍，所加的一個別名。是眞的自我，眞的個性。只因爲這是無意識心理的所產，所以獨爲可貴。倘是從顯在意識那樣上層的表面的精神作用而來的東西，則那作品便成爲虛物，虛事，更不能眞將强有力的振動，傳到讀者那邊的中心生命去。我相信那所謂制作感興(Schaffensstimmung)，也就是從深的無意識心理的底裏出來的東西。

作品倘眞是作家的創造生活的所產，則作爲對象而描寫在作品裏的事象，畢竟就是作家這人的生活內容。描寫了「我」以外的人物事件，其實却正是描出「我」來。——鑒賞者也因了深味這作品，而發見鑒賞者自己的「我」。所以爲研究或一種作品計，即有知道那作家的閱歷和體驗的必要，而憑了作品，也能够知道作家的人。哈里斯(Frank Harris)曾經試過，不據古書舊記之類，但憑沙士比亞的戲曲，來論斷爲「人」的沙士比亞。這雖然是足以驚倒歷來專主考據的學究們的大膽的態度，但我相信這樣的研究法也有着十分的意義。和瞿提的威綏的煩惱一起，幷繙那可以當作他的自傳的詩與眞(Diehtung und Wahrheit)，和盧梭的新愛羅斯 (Julie ou La Nouvell Héloise)這戀愛譚一起，幷讀他的自白 (Confessions) 第九卷的時候，在實際生活上敗于戀愛的這些天才的心底的苦悶，怎樣地作爲「夢」而象徵化于那些作品裏，大概就能夠明白地知道了。

見了我以上所說，將文藝創作的心境，解釋作一種的夢之後，讀者試去一查古來許多詩人和作家對于夢的經驗如何着想，大概就有「思過半矣」的東西了。我從最近讀過的與謝野夫人隨筆集愛和理性及勇氣這一本裏，引用了下面的一節，以供參考之便罷：

古人似的在夢中感得好的詩歌那樣的經驗雖然並沒有，然而將小說和童話的構想在夢裏捉住的事，却是常有的。這些裏面，自然也有空想底的東西，但大約因爲在夢裏，意識便集中在一處，輝煌起來了的緣故罷，不但是微妙的心理和複雜的生活狀態，比醒着時可以更其寫實底地觀察，有時竟會適當地配好了明暗度，分明地構成了一個藝術品，立體底地浮了出來。我想，在這樣的時候，和所謂人在做夢，並不是睡着，乃是正做着爲藝術家的最純粹的活動這些話，是相合的。

還有，平生惘然地想着的事，或者不知道怎麼解釋纔好，沒法對付的問題之類，有時也在夢中明明白白地有了判斷。在這樣的時候，似乎覺得夢和現實之間，並沒有什麼界線。雖這樣說，我是絲毫也不相信夢的，但以爲小野小町愛夢的心緒，在我彷彿也能够想像罷了。

不獨創作，即鑒賞也須被引進了和我們日常的實際生活離開的「夢」的境地，這纔始成爲可能。向來說，文藝的快感中，無關心（disinterestedness）是要素，也就是指這一點。即惟其離了實際生活的利害，這纔能對于現實來凝視，靜觀，觀照，並且批評，味識。譬如見了動物園裏獅子的雄姿，直想到咆哮山野時的生活的時候，假使沒有鐵柵這一個間隔，我們便爲了猛獸的危險就要臨頭這一種恐怖之故，想凝視靜觀獅子的眞相，也到底不可能了。因爲這里有着鐵柵，隔開彼我，置我們于無關心的狀態，所以這藝術底觀照遂成立。假如一個穿着時髦的惹厭的服飾的男人，絆在石頭上跌倒了。這確乎是一場滑稽的場面。然而，倘使那人是自已的親弟兄或是什麼，和自己之間有着利害關係或者實際上的 interest ，則我們豈不是不能將這當作一場痛快的滑稽味麼？惟其和自已的實際生活之間，存着或一餘裕和距離，纔能夠對于作爲現實的這場面，深深地感受，賞味。用了引用在前的與謝野夫人的話來說，就是在「夢」中，即更能夠寫實底地觀察，更能夠做出爲藝術家的活動來。有人說過，五感之中，爲藝術的根本的，只有視覺和聽覺。就是這兩種感覺，不像別的味覺嗅覺觸覺那樣，爲直接底實際底，而其間却有距離存在；也就是視覺和聽覺，是隔着距離而觸的。縱使是怎樣滑軟的天鵝絨，可口的肴饌，決不是完全的詩，也决不是什麼藝術品。厨子未必能稱爲藝術家能。在觸覺味覺之間，沒有這「間隔」，所以是不能自已走進文藝的領地的感覺。因爲這要作爲藝術底，則還過于肉感底，過于實際底的緣故；因爲和獅子的檻上沒有鐵柵時候一樣的緣故。

——以上的所謂「夢」，是說離開着「實際底」(practical) 的生活的意思。更加適當的說，即無非是「已覺者的白日的夢」，詩人之所謂 "waking dream".

這「非實際底」的事，能使我們脫離利已底情慾及其他各樣雜念之煩，因而營那絕對自由不被拘囚的創造生活。即凡有一切除去壓抑而受了凈化的藝術生活，批評生活，思想生活等，必以這「非實際底」「非實利底」爲最大條件之一而成立。見美人欲取爲妻，見黃金想自已富，那是吾人的實際生活上的心境，假使僅以此終始，則是動物生活，不是有着靈底精神底方面的眞的人類生活了。我們的生活，是從「實利」「實際」經了凈化，經了醇化，進到能够「離開着看」的「夢」的境地，而我們的生命這纔被增高，被加深，被增强，被擴大的。將渾沌地無秩序無統一似的這世界，能被觀照爲整然的有秩序有統一的世界者，只有在「夢的生活」中。拂

去了從「實際底」所生的雜念的塵昏，進了那清朗一碧，宛如明鏡止水的心境的時候，于是乃達于藝術底觀照生活的極致。（一）

註（一）　出了象牙之塔九一至九八頁說「觀照」的意義這一項參照。

這樣子，在「白日的夢」裏，我們的肉眼合，而心眼開。這就是入了靜思觀照的三昧境的時候。離開實行，脫卻欲念，遁出外圍的紛擾，而所至的自由的美鄉，則有叡智的靈光，宛然懸在天心的朗月似的，普照着一切。這幻像，這情景，除了憑象徵來表現之外，是別無他道的。

不但文學，凡有一切的藝術創作，都是在看去似乎渾沌地不統一的日常生活的事象上，認得統一，看出秩序來。就是仗着無意識心理的作用，作家和鑒賞者，都使自己的選擇作用動作。憑了人們各各的選擇作用，從各樣的地位，用各樣的態度，那有着統一的創造創作，就從這渾沌的事象裏就緒了。用淺近的例來說，就譬如我的書齋裏，原稿，紙張，文具，書籍，雜誌，報章等等，紛然雜然地放得很混亂。從別人的眼睛看去，這狀態確乎是渾沌的。但是我，却覺得別人進了這屋子裏，即單用一個指頭來一動就不願意。在這里，用我自己的眼睛看去，是有着儼然的秩序和統一的。倘使由女工的手一整理，則因爲經了從別人的地位看來的選擇作用之故，緊要的原稿誤作廢紙，書籍的排列改了次序，該在手頭的卻在遠處了，于我就要感到非常之不便。一到換了地位和態度來看事物，則因各人而有差異不待言，即在同一人，也能看出不同的統一。文藝的創作之所以竭力以個性爲根基的原因就在此。譬如對於同一的景物，A看來和B看來，所看取的東西就很兩樣。還有從東看的和從西看的，或者從左右上下，各因了地位之差，各行其不同的選擇作用。這和雖是同一人看同一對象，從胯下倒看的風景，和普通直立着所見的風景全然異趣，是一樣的。——順便說，不知道「藝術底」地來看自然人生的形式法則萬能主義者或道學先生之流，比方起來，就如整理我的書齋的女工。什麼也不懂，單靠着書籍的長短，顏色，或者單是用了因襲底的想法，來定硯匣和菸草盒的位置，于是我這個人的書齋的眞味，因此破壞了。

五　文藝與道德

到最後，我對於文藝和通常的道德的關係，還講幾句話罷。「文藝描寫罪惡，鼓吹不健全的思想，是不對的。」「倘不是寫些崇高的道念，健全的思想的東西，豈不是不能稱爲大著作麼？」——凡這些，都是沒有澈底地想過文藝和人生的關係的人們所常說的話。但只要看我以上的所述，這問題也該可以明白了。就是文藝者，乃是生命這東西的絕對自由的表現；是離開了我們在社會生活，經濟生活，勞動生活，政治生活等時候所見的善惡利害的一切估價，毫不受什麼壓抑作用的純眞的生命表現。所以是道德底或罪惡底，是美或是醜，是利益或不利益，在文藝的世界裏都所不問。人類這東西，具有神性，一起也具有獸性和惡魔性，因此就不能否定在我們的生活上，有美的一面，而一起也有醜的一面的存在。在文藝的世界裏，也如對於醜特使美增重，對於惡特將善高呼的作家之貴重一樣，近代的文學上特見其多的惡魔主義的詩人——例如波特來爾那樣的「惡之華」的讚美者，自然派者流那樣的獸慾描寫的作家，也各有其十足的存在的意義。只是文學也如不以 moral 爲必要條件一樣，也原不以 immoral 爲必要。這就如上文所說，因爲是站在全然離開了通用于「實際底」的世界的一切估價的地位上的 non-moral 的東西。（一）

註（一）描著出了象牙之塔中觀照享樂的生活第二節參照。

問者也許說：那麼，在歷來的文學裏，將殺人，淫猥，貪慾之類作爲材料的罪惡底的東西特別多，是什麼緣故呢？從作家這一邊說來，這就因爲平時受着最多的壓抑作用的生命的危險性，罪惡性，爆發性的一面，有着單在文藝的世界裏自由地表現出來的傾向的緣故。又從讀者鑒賞者這一邊說，則是因爲惟有與文藝作品相對的時候，存在于人性中的惡魔性罪惡性乃離了壓抑，于是和作品之間，起了共鳴共感，因而做着一種生命表現的緣故。只要人類的生命尙存，而且要求解放的慾望還有，則對於突破了壓抑作用的那所謂罪惡，人類的興味是永遠不能滅的。便是文藝以外的東西，例如見于電影，報章的社會欄裏的强盜殺人通姦等類的事件，不就是永遠惹起人們的興味的麼？法蘭西的古爾蒙(Remy de Gourmont)曾說，「有許多人都喜歡醜聞(Scandal)。就因爲在別人的醜行的敗露上，各式各樣地給看那隱蔽着的自己的醜的緣故。」這就是我已經說過的那自己發見的歡喜的共鳴共感。

這樣子，在文藝的內容中，有着人類生命的一切。不獨善和惡，美和醜而已。和歡喜一起，也看見悲哀，和愛慾一起，也看見憎惡。和心靈的叫喊一起，也可以聽到不可遏抑的慾情的叫喊。換句話，就是因爲和人類生命的飛躍相接觸，所以這里有道德和法律所不能拘的流動無礙的新天地存在。深的自己省察，眞的實在觀照，豈非都須進了這毫不爲什麼所囚的「離開着看」的境地，這纔成爲可能的事麼？——在這一點上，科學和文學都一樣的。就是科學也還是和「實際底」「實用底」的事離開着看的東西。兩點之間的最短距離是直線，惡貨幣驅逐良貨幣，科學的理論這樣說。然而這是道德底不是，是善還是惡，在科學都不問。爲理論（theory）這字的語源的希臘語的Theoria，是靜觀凝視觀照的意思，而這又和戲場（Theatron）出于同一語源，從這樣的點看來，也是頗有興味的事。

六　酒與女人與歌

在以上似的意義上，「爲藝術的藝術」(l'art pour l'art) 這一個主張，是正當的。惟在藝術爲藝術而存在，能營自由的個人的創造這一點上，藝術眞是「爲人生的藝術」的意義也存在。假如要使藝術隸屬于人生的別的什麼目的，則這一刹那間，即使不過一部分，而藝術的絕對自由的創造性也已經被否定，被毀損。那麼，即不是「爲藝術的藝術」，同時也就不成其爲「爲人生的藝術」了。

希臘古代的亞那克倫（Anakreon）的抒情詩，波斯古詩人阿瑪凱揚（Omar Khayyam）的四行詩（Ruba'iyyat），所歌的都是從酒和女人得來的刹那的歡樂。中世的歐洲大學的青年的學生，則說是「酒，女人，和歌。」(Wein, Weib, und Gesang.)將這三種的享樂，合爲一而讚美之。誠然，在這三者，確有着古往今來，始終使道學先生們顰蹙的共通性。即酒和女人是肉感底地，歌即文學是精神底地，都是在得了生命的自由解放和昂奮跳躍的時候，給與愉悅和歡樂的東西。尋起那根柢來，也就是出于離了日常生活的壓抑作用的時候，意識地或無意識地，即使暫時，也想藉此脫離人間苦的一種痛切的慾求。也無非是酒精陶醉和性慾滿足，都與文藝的創作鑒賞相同，能使人離了壓抑，因而嘗得暢然的「生的歡喜」，經驗着「夢」的心底狀態的緣故。但這些都太偏于生活的肉感底感覺底方面，又不過是瞬息的無聊的淺薄的昂奮，這一點，和歌即文藝，那性質是完全兩樣的。（一）

註（一）　我的舊著文藝思潮論六七頁以下參照。

第四　文學的起源

一　祈禱與勞動

一切東西的發達，是從單純進向複雜的。所以要明白或一事物的本質，便該先去追溯本源，回顧這在最眞純而且簡單的原始時代的狀態。

所謂生活着，即是尋求着。在人類的生活上，是一定有些什麼缺陷和不滿的。因此凡那力謀方法，想來彌補這缺陷和不滿的慾求，也就可以看作生命的創造性。有如進了僧院，專度着禁慾生活的那修道之士，乍一看去，似乎是斷絕了一切的慾求和慾望的了，但其實並不如此。他們是爲更大的慾望所動，想藉脫離了現世底的肉慾和物慾之類，以尋求眞的自由和解放，而靈底地進到具足圓滿的超然的新生活境裏去。凡極端和極端，往往是相似的，生的慾求至于極度地强烈者，豈不是竟有將絕了生命本身的自殺行爲，來使這慾求得以滿足的時候麼？

缺陷和不滿者，就是生命的力在內底和外底兩面都被壓抑阻止着的狀態，這也就是人類的懊惱，的苦悶。個人的生活，是慾望和滿足的無限的連續，得一滿足，便再生出其次的新的慾望來，于是從其次又到其次，無窮無盡地接下去。人類的歷史也一樣，從原始時代以至今日，不，更向着未來永劫，這狀態也還是永久地反覆着的。

爲想解脫那壓抑所生的苦悶，尋求暢然地自由的生命的表現，而得到「生的歡喜」起見，原始時代的人類怎麼做了呢？和文明的進步一同，我們的生活，也就在精神底和物質底兩方面都增起複雜的度數來，所以在現代，以至在未來，和變化的增加一同，也越發加多複雜性。但人類生命的本來的要求既沒有變，換了話說，就是在根本上並不變化的人間性既然儼然存在，則見于原始人類的單純生活的現象，便是在現在，在未來，也還是永久地反覆着的。

表示歐洲中世培內狄克(Benedikt)派道院的生活的話裏，有一句是「祈禱和勞動」(orare et laborare)。這所指的生活，和在日本的禪院裏，托鉢的和尙將衣食住一切事，也和坐禪以及勤行一同，作爲宗教底的修養，以虔敬的心，自行處理的事，是一樣的。和這相仿的事，也可以想到作爲人類而過了極簡單的生活的那原始人類去。就是原始時代的人們，爲要滿足那切近的日常生活上的衣食住之類的物底慾求，去做打獵耕田的勞動，而一面又跪在古怪的異教的神們的座下，向木石所做的偶象面前叩頭。在這時代，作爲生命宇宙的發現，最顯著地牽惹他們的眼睛的有兩樣。換句話，就是他們將這兩者作爲對象，而描寫其「夢」。這兩者就是日月星辰和作爲性慾的表象的那生殖器。在露天底下起臥，無晝無夜地，他們仰看天體，於是夢着主宰宇宙的不變的法則，和無始無終的悠久的世界；也認知了人類所無可如何的絕大的無限力。又轉眼一看自己，則想到身內燃燒着的烈火似的慾望，以性慾爲中心，達于白熱點。在爲人類的生活意志的最强烈的表現的那食慾和性慾之中，他們又知道前者即使不完全，也還藉勞動可以得到，後者的慾求却尤爲强有力的東西了。因爲在兩性相交而創造一個新的生命，藉此保存種族這一個事實之前，他們是不禁生了最大的驚歎的。

二　原人的夢

他們將這兩個現象放在兩極端，而在那中間，夢見森羅萬象，對之讚頌，禮拜。唱讚美歌，誦咒文，做祈禱，將自己生命的要求慾望，向這些客觀界的具象底的事物放射出去，以行那極其幼稚簡單的表現。生的躍動，使他們在有限界而神往于無限界，使他們希求絕大的慾望的充足的時候，這就生出原始宗教的最普通的形式的那天然神教和生殖器崇拜教來。倘將那因爲慾求受了制限壓抑而生的人間苦，和原始宗教，更和夢和象徵，加了聯絡，思索起來，則聰明的讀者，就該明白文藝的起源，究在那里的罷。在原始時代的宗教的祭儀和文藝的關係，誠然是姊妹，是兄弟。所謂「一切藝術生于宗教的祭壇」這句話的意思，也就可以明白了。無論在日本，在支那，在埃及希臘，在印度巴勒斯丁，或者在今日還是原始狀態的蠻民的國土裏，這種現象，都是可以指點出來的事實。

在原始狀態的人類的慾求，是極其單簡，而那表現也極其單純。先從日常生活上的實利底的慾求發端，于是成立簡單的夢。譬如苦于亢旱，求雨心切的時候，偶然望見雲霓，則他們便祈天；祈天而雨下，則他們又奉獻感謝和讚美。穀物牲畜爲水害風災所奪的時候，則他們詛咒這自然現象，但同時也必至于非常恐怖，畏懼的罷。因爲他們對於自然力，抵抗的力量很微弱，所以無論對於地水火風，對於日月星辰，只是用了感謝，讚歎，或者詛咒，恐怖的感情去相向，于是乎星辰，太空，風，雨，便都成了被詩化，被象徵化的夢而被表現。尤其是，在原始人類的幼稚的頭腦裏，自已和外界自然物的差別是很不分明的，因此就以爲森羅萬象都像自已一般的活着，而且還要看出萬物的喜怒哀樂之情來。殷殷的雷鳴，當作神的怒聲，瞻望着鳥啼花放，便以爲是春的女神的消息。是將這樣的感情，這樣的想像，作爲一個搖籃，而詩和宗敎這雙生子，就在這里生長了。

比這原始狀態更進一步去，則加上智力的作用，起了好奇心，也發生摹仿慾。而且，先前的畏敬和恐怖，一轉而爲無限的信仰，也成爲信賴。無論看見火，看見生殖器，看見猴子臀部的通紅的地方，都想考究那些的由來，加上理由去，而終于向之讚頌，渴仰，崇拜。尋起根本來，也就是生命的自由的飛躍因爲受了阻止和壓抑而生苦悶，即精神底傷害，這無非就從那傷害發生出來的象徵的夢。是不得滿足的慾求，不能照樣地移到實行的世界去的生的要求，變了形態而被表現的東西。詩是個人的夢，神話是民族的夢。

從最爲單純的原始狀態看起來，祈禱禮拜時候的心緒，和在文藝的創作鑒賞時候的心境，是這樣明白地有着一致，而且能够看見共通性的。

第十八面第十二行「想到過」句下，漏譯兩句，爲：「而且和時光的經過一同，那女人已將這事完全忘掉。」今補正。

後記

鎌倉十月的秋暖之日，廚川夫人和矢野君和我，站在先生的別邸的廢墟上，沈在散漫的思想中的時候，掘土的工人尋出一個栗色紙的包裹，送到我們這里來了。那就是這苦悶的象徵的原稿。

苦悶的象徵是先生的不朽的大作的未定稿的一部分。將這未定稿遽向世間發表，在我們之間，最初也曾經有了不少的議論。有的還以爲對於自巳的著作有着鋒利的良心的先生，怕未必喜歡這以推敲未足的就是如此的形式，便以問世的。

但是，本書的後半，是未經公表的部分居多。將深邃的造詣和豐滿的鑒賞的力，打成不可思議的融合的先生在講壇上面的丰采，不過在本書裏，遺留少許罷了。因了我們不忍深藏篋底的心意，遂將這刊印出來。

題名的苦悶的象徵，是出於本書前半在改造誌上發表時候的一個端緒。但是，只要略略知道先生的內生活的人，大約就相信這題名用在先生的著作上，並沒有什麼不調和的罷。因爲先生的生涯，是說盡在雪萊的詩的"They learn in suffering what they teach in song."這一句裏的。

當本書校訂之際，難決的處所，則請敎于新村出，阪倉篤太郎兩先生。而且，也受同窗的朋友矢野峯人氏的照應。都在此申明厚的感謝的意思。

本書中的創作論分爲六節，雖然首先原有着兩種力創造生活的慾求等的標記，但其餘的部分，却並未設立這樣的區分。不得已，便單據我個人的意見，分了節，又加上自信爲適當的標題。此外關于本書的內容和外形，倘有些不備之處，那就是因爲我的無知無識而致的：這也在此表明我的責任。

十三年二月二日，山本修二。

附錄

項鍊

法國 摩泊桑 著　　常惠 譯

這是些美麗可愛的姑娘們中的一個，好像運命的舛錯，生在一個員司的家裡。她沒有妝奩，也沒有別的希望，又沒有一個法子讓一個體面而且有錢的人結識，了解，愛惜，聘娶；她只得嫁了一個教育部的小書記。

她是樸素不能打扮，但是可憐如同一個破落戶似的；因爲婦女們本沒有門第和種族的分別，她們的美貌，她們的丰姿和她們的妖冶就是她們的出身和家世。她們天生的聰穎，她們高雅的本能，她們性情的和藹，乃是她們唯一的資格，可以使平凡的女子與華貴的夫人平等。

她覺得生來就是爲過一切的雅緻和奢華的生活，因此不住的痛苦。她痛恨住所的貧寒，牆壁的蕭索，坐位的破爛，幔帳的簡陋。這些東西，在別的同她一樣等級的婦人一點看不出，使她憂愁和使她憤怒。小女僕做她粗糙的雜事的影子竟引起她悲哀的感慨和狂亂的夢想。她夢想那些寂靜的前廳，懸挂著東方的壁衣，高大的古銅燈照耀著，還有兩個短袴的僕人，躺在寬大的椅中，被煖爐的熱氣烘得他們打盹兒。她幻想那些闊大的客廳裡，裝潢著那古式的錦幕，精巧的木器，還陳設些珍奇的古玩，和那些雅潔，清馨的小客室，爲下午同一般最親密的朋友，或爲一般女人最仰慕，最樂于結識的男子們談話之所。

當她坐下，吃晚飯的時候，在蒙著一塊三天沒洗的枱布的圓桌前邊，對面，她的丈夫掀起湯鍋來，面帶驚喜的神氣：『呵！好香的肉湯！我覺得沒有再比這好的了……』她就夢想到那些精緻的晚餐，晶亮的銀器，挂在牆上古代人物的和仙林奇異禽鳥的壁毯；她就夢想到上好的盤碟盛著的佳肴，又夢想到一種狡然微笑的聽著那情話喁喁，更夢想到一邊吃著鱸魚的嫩肉或小雞的翅膀。

她沒有服裝，沒有珠寶，一無所有。然而她正是喜愛這些；她自己覺著生來是合于這些的。她極想望嬌媚，得人豔羨，能夠動人而脫俗。

她有一個闊朋友，在修道院時的一個同伴，她再不想去看望的了，看望回來她多麼苦痛。她整天的哭因爲憂愁，悔恨，絕望和貧乏。

※　　　※　　　※　　　※

然而，一天晚上，她的丈夫回來，得意的神氣手裡拿著一個寬信封。

——看呀，他說，這裡有點東西爲你的。

她赶緊拆開信封，抽出一張印字的請柬，上面寫著這些話：

『教育總長與柔葸朗伯那夫人恭請路娃栽先生及其夫人于一月十八日星期一惠臨教育部禮堂夜會。』

她本該喜歡，像她的丈夫所想的那樣，但她忿然的把請柬擲在桌上，嘟噥著：

——你要我把這怎樣辦呢？

——但是，我的親愛的，我原想著你必喜歡。你從不出門，而這却是一個機會，這個，一個最好的！我多麼費事纔得到牠。人人都惦記這個的；這是很難尋求並且不常給書記們。你在那兒可以看見一切的官員。

她用惱怒的眼睛瞧他，不耐煩的發作了：

——你打算讓我身上穿什麼去呢？

他沒有料到這個；結結巴巴的說：

——就是你上戲園子穿的那件衣裳。我覺得很好，依我……

他住了口，驚愕，惶恐，因爲見他的妻子哭了。兩顆大的淚珠慢慢的順著眼角流到嘴角來了。他吃吃的說：

——你怎麼了？你怎麼了？

但是，使著强烈的壓力，她制住了她的悲痛並擦乾她的潮溼的兩腮，用平和的聲音回答：

——沒有什麼。只是我沒有服裝所以我不能赴這宴會。把你的請柬送給別的同事他那妻子比我打扮的好的吧。

他難受了。于是說：

——比如，馬底爾得。那得値多少錢呢，一身合式的衣服，讓你在別的機會也還能穿的，要那最簡素的東西？

她想了幾秒鐘，合計妥了並且還想好她能够要的錢數而不致招出這省儉的書記當時的拒絕和驚駭的聲音來。

末了，她遲疑著答道：

——我不知道的確，但是我想差不多四百弗郎我可以辦到。

他臉色有點白了，因爲他正存著這麼一筆欵子爲是買一桿獵鎗好加入打獵的團體，到夏天，在南代爾平原，星期的日子，同著幾個朋友在那兒打白鴿。

然而他說：

——就是罷。我給你四百弗郎。但是該當有一件好看的長衫。

* * * *

宴會的日子近了，但路娃栽夫人好像是鬱悶，不安，憂愁。然而她的衣服却是做齊了。她的丈夫一天晚上對她說：

——你怎麼了？看看，這三天來你是非常的奇怪。

她就回答道：

——所讓我發愁的是沒有一件首飾，連一塊寶石都沒有，沒有可以戴的。我處處帶著窮氣。我很想不赴這宴會。

他于是說：

——你戴上幾朶鮮花。在現在的節季這是很時興的。花十個弗郎你就能買兩三朶鮮豔的玫瑰。

她還是不聽從。

——不……在闊太太們羣裏透著窮氣是再沒有那麼寒磣的了。

她的丈夫大聲說：

——你多麼愚呀！去找你的朋友佛來思節夫人向她借幾樣珠寶。你同她很親近能做到這點事的。

她發出驚喜的呼聲。

——眞的。我倒沒有想到這兒。

第二天，她到她的朋友家裏，向她述說她的困難。

佛來思節夫人走近她的嵌鏡子的衣櫃，取出一個寬的匣子拿過來，打開牠，于是對路娃栽夫人說：

——挑吧，我的親愛的。

她先看了幾副鐲子，後來是一掛珍珠的項圈，隨又看見一支維尼先式的寶石和金鑲的十字架，確是精巧的手工。她在鏡子前邊試這些首飾，猶豫了，捨不得把牠們離開，把牠們退還。她總是問：

——你再沒有別的了麼？

——還有呢。找呵。我不知道那樣合你的意。

忽然她發見在一個青緞子的盒子裏，一掛精美的鑽石項鍊；她的心不能不因極度的願望而跳起了。她兩手拿的時候哆嗦了。她把牠繫在脖子上，在她的高領的長衣上，她甚至于站在自己面前木然神往了。

隨後，她問，遲疑著，又很著急：

——你能借給我這樣麼，只要這樣？

——自然，一定能的。

她摟住她的朋友的脖子，狂熱的親她，跟著拿起她的寶物就跑了。

＊　＊　＊　＊

宴會的日子到了。路娃栽夫人得了勝利。她比一切婦女們都美麗，雅致，風流，含笑而且樂得發狂。所有的男子都看她，打聽她的名姓，求人給介紹。所有閣員們都願合她跳舞。就是總長也注意她了。

沈醉的瘋狂的跳舞，快樂得眩迷了，在她的貌美的得意裡，在她的成功的光榮裡；在那一切的尊敬，一切的讚美，一切的妒羨和婦人的心中以為是最美滿最甜蜜的勝利所合成幸福雲霧裡，她什麼都不想了。

她在天亮四點鐘纔動身。她的丈夫，從半夜裡，就和三位別的先生，他們的妻子也都是好作樂的，在一間空寂的小客室裡睡了。

他把他帶的為臨走穿的衣服給她披在肩膀上，這是家常日用的樸素的衣服，同跳舞的衣服比著自然顯得寒磣。她覺出來便想赶緊走，好讓那些披著細毛的皮衣的夫人們不能看見。

路娃栽把她拉住：

——等等呵。你到外邊要著涼的。我去叫一輛馬車能。

但她一點也不聽他的，赶忙的就下了樓梯。　等他們到了街上，沒有看見一輛車；于是滿處找，遠遠的看見車夫就喊。

他們順著賽因河走去，失望，顫抖。　終于在河岸上他們找著一輛拉晚的破馬車，在巴黎只有天黑纔能看得見，好像在白天她們羞愧自己的破爛似的。

車把他們一直拉到他們的門口，馬丁街中，他們敗興的進了家。在她呢，這是完了。他呢，他就想著十點鐘須要到部裡去。

她脫下她披在肩膀上的衣服，站在鏡子前邊，爲是乘著在這榮耀裡，她再自己照一照。但是猛然她喊了一聲。她沒有了在她脖子上的項鍊了。

她的丈夫，已經脫了一半衣服，就問：

——你有什麼事情？

她轉身向著他，昏迷了：

——我……我……我沒了佛來思節夫人的項鍊了。

他直著身子，慌亂了。

——什麼！……怎樣！……這絕不能够！

于是他們在長衫摺裡尋找，在大衣摺裡，在各處的口袋裡。他們竟沒有找到。

他問：

——你確信離跳舞會的時候你還有牠麼？

——是的，在部院的門口我還摸牠呢。

——但是如果你要丟在街上，我們總聽得見牠掉的。這必落在車裡了。

——是的。這准是的。你記得車的號碼麼？

——沒有。你呢，你沒有看過麼？

——沒有。

他們驚慌的對望著。末後路娃栽再穿起衣服。

——我去，他說，把我們步行經過的路再踏勘一遍，看我或許找著牠。

他出去了。她穿著晚裝呆怔著，沒有睡覺的力氣，只傾倒在一把椅子上，沒有心思，也沒有計劃了。

七點鐘她的丈夫回來了。他什麼也沒找著。

他到警察廳，到各報館，爲是懸賞尋求，到那各車行，總之有一綫希望之處他都去到了。

她整天的等候著，始終在驚恐的狀態裡望著這不幸的災禍。

路娃栽晚上回家，臉上蒼白，瘦弱；他一無所得。

——該當，他說，給你的朋友寫信說你把她的項鍊弄壞了，你正給她收拾呢。這樣能容給我們找的工夫。

她照他所說的寫去。

* * * *

到了一個星期，他們所有的希望絕了。路娃栽，似老去了五年，決然說：

——該當想法賠償這件首飾了。

第二天他們拿了盛項鍊的盒子　便到這盒裡所有的字號的寶石商人的店裡。他就查他的帳簿：

——太太，這不是我賣的這掛項鍊；我只賣了這個盒子。

于是他們就從這家珠寶店走到那家珠寶店，找一掛合先前的同樣的，又查人家的舊帳，兩個人都憂愁，苦惱壞了。

在宮殿街的一家鋪子裡，他們看見一掛鑽石項鍊正和他們所要找的一樣。牠價值四萬弗郎。人家讓他們三萬六千弗郎。

他們求這寶石商人三天以內不要賣出牠去。他們又訂了約如果那一掛在二月底以前找著那麼他再退出三萬四千弗郎把這掛收回。

路娃栽存有他的父親遺留的一萬八千弗郎。其餘的他去借。

他去摘借，向這一個借一千，那一個借五百，從這兒借五個路易，那兒三個路易。他立些債劵，訂些使他破產的契約，合一些吃重利的人和所有各種放帳的摘借。他陷于最窘迫的地位了，冒險簽他的名字而並不知道他能保持他的信用不能，並且，被未來的煩惱，將要臨到他的身上的黑暗的窮途，物質匱乏的憂愁和一切精神上的痛苦恐嚇著，他把三萬六千弗郎放在商人的櫃臺上，取去新的項鍊。

路娃栽夫人給佛來思節夫人拿去了項鍊，她一種冷淡的樣子對她說：

——你該當早一點還我，因爲我先要用的。

她沒有打開盒子，這正是她的朋友擔心的地方。如果她要看出來更換了，她將怎樣想呢？她將怎樣說呢？她不把她當一個賊麽？

※　　※　　※　　※

路娃栽夫人曉得窮人的艱難生活了。她又，猛然，勇敢的打定了她的主意。該當償還這筆可怕的債務。她去償還。于是辭退了女僕；遷了住所；賃了一間樓頂上的小屋。

她曉得家裡一切粗笨的工作和廚房裡的討厭的雜事了。她刷洗碟碗，用她粉嫩的指尖摸那油膩的盆沿和鍋底。她凋洗髒衣服，襯衣和搌布，她晒在一條繩子上；見天早晨，她提下穢土到街上，再提上水去，每上到一層樓她就站住喘氣。而且，穿得像一個窮苦的女人，她到果局裡，雜貨店裡，肉舖裡，胳膊上挎著籃子，爭價錢，呪罵著，一個銅子，一個銅子的儉省她那艱難的錢。

月月須得歸一撥債劵，再借些新的，好延長時日。

她的丈夫晚上工作，給一個商人謄寫帳目，常常的，在夜間，他還鈔那五個銅子一篇的謄錄。

這種生活延遲了十年。

到了十年，他們都償還了，連那額外的利息，和積欠的原利全都清了。

路娃栽夫人現在見老了。她成了一個粗魯的，强壯的，嚴惡的和窮家的婦人了。蓬著頭，拖著裙子和通紅的手，她說話高聲，用很多的水刷洗地板。但是時常，當她丈夫在辦公處的時候，她便獨自坐在窗前，便回想到從前的那天晚上，她是多麼美麗，多麼受歡迎的那一次的跳舞會。

倘那時她沒有去掉那掛項鍊後來該當是怎樣呢？誰知道呢？誰知道呢？人生是怎樣的奇怪和變幻呵！極微細的事就能敗壞你或成全你！

* * * *

恰巧，一天星期，他到樂田路去閒游，爲舒散這一星期的勞乏，她忽然看見一個婦人領著一個孩子散步。原來是佛來思節夫人依舊年輕，好看，動人。

路娃栽夫人很覺感動。她和她去說話麼？是說的，一定要說的。而且現在她都還清了，她都要告訴她。爲什麼不呢？

她走近前去。

——好呀，嬌娜——

那一個一點也不認識她了，非常驚訝被一個婦人這樣親暱的叫著。她磕磕絆絆的說：

——但是……太太！……我不知……你一定是認錯了。

——沒有，我是馬底爾得路娃栽。

她的朋友呼了一聲：

——呵！……我的可憐的馬底爾得，你怎麼改變得這樣了！……

——是的，不見你以後，我過了很久苦惱的日子，經過多少的困難……而且都是因爲你！……

——因爲我……這怎麼講呢？

——你必記得你借給我的那掛爲赴教育部宴會的項鍊。

——是呀。怎麼樣呢？

——怎麼樣，我把她丟了。

——怎麼！然而你已經還了我了。

——我還了你一掛別的完全相同的。你看十年我們纔把牠還清。你知道那對于我們這什麼也沒有的人是不容易的……不過那究竟完了，我倒是很高興了。

佛來思節夫人怔了。

——你是說你買了一掛項鍊賠我的那一掛麼？

——是呵。你會沒有看出來，呵？牠們是很一樣的。

于是她帶著驕傲而誠實的喜悅笑了。

佛來思節夫人，感動極了，拉住她的兩隻手。

——哎！我的可憐的馬底爾得！然而我的那一掛是假的。牠至多值五百弗郎！……

Guy de Maupassant

未名叢刊是什麼，要怎樣？ 魯迅

所謂未名叢刊者，並非無名叢書的意思，乃是還未想定名目，然而這就作爲名字，不再去苦想他了。

這也並非學者們精選的寶書，凡國民都非看不可。只要有稿子，有印費，便即付印，想使蕭索的讀者，作者，譯者，大家稍微感到一點熱鬧。內容自然是很龐雜的，因爲希圖在這龐雜中略見一致，所以又一括爲相近的形式，名之曰未名叢刊。

大志向是絲毫也沒有。所願的：無非(1)在自已，是希望那印成的從速賣完，可以收回錢來再印第二種；(2)對於讀者，是希望看了之後，不至於以爲太受欺騙了。

現在，除已經印成的一種之外，就自已和別人的稿子中，還想陸續印行的是：

1. 蘇俄的文藝論戰。俄國褚沙克等論文三篇。任國楨譯。
2. 往星中。俄國安特來夫作戲劇四幕。李霽野譯。
3. 小約翰。荷蘭望藹覃作神祕的寫實的童話詩。魯迅譯。

苦悶的徵象
全一冊
實價銀五角

新潮社代售
有板權
苦悶的象徵